Bullet Park

John Cheever

欢迎来到弹园村

[美]约翰·契弗 ◎ 著

方柏林 ◎ 译

译林出版社

图书在版编目（CIP）数据

欢迎来到弹园村 ／（美）约翰·契弗（John Cheever）著；方柏林译．—南京：译林出版社，2023.9

（约翰·契弗作品）

书名原文：Bullet Park

ISBN 978-7-5447-9750-4

Ⅰ.①欢… Ⅱ.①约… ②方… Ⅲ.①长篇小说－美国－现代 Ⅳ.①I712.45

中国国家版本馆CIP数据核字（2023）第103887号

著作权合同登记号　图字：10-2020-56号

欢迎来到弹园村　［美］约翰·契弗／著　方柏林／译

责任编辑　宗育忍
封面插画　Patrick Leger
装帧设计　吴　悠
校　　对　戴小娥
责任印制　闻媛媛

原文出版　Vintage, 2010
出版发行　译林出版社
地　　址　南京市湖南路1号A楼
邮　　箱　yilin@yilin.com
网　　址　www.yilin.com
市场热线　025-86633278
排　　版　南京展望文化发展有限公司
印　　刷　镇江恒华彩印包装有限责任公司
开　　本　787毫米×1092毫米　1/32
印　　张　7.25
插　　页　4
版　　次　2023年9月第1版
印　　次　2023年9月第1次印刷
书　　号　ISBN 978-7-5447-9750-4
定　　价　59.00元

献给

罗伯特和苏珊·考利

目　录

第一部分

第一章

想象一下，一个小小的火车站，再过十分钟天黑。站台那边，便是威肯赛特河，河面上倒映着暗淡的晚霞。站台的建筑，随意却又有些怪异，阴郁却又不觉沉闷，那样子更像是个凉棚、平房或消暑的小屋，虽然这里冬天天气严寒。沿着站台，路灯带着几乎触手可及的哀婉，一路亮着。从某种角度来讲，这一背景设定至为关键。我们出行多半是坐飞机，可是我国在精神上，似乎仍属铁路之国。凌晨三点，你在某个卧铺车厢里醒来，抵达某个城市，它的名字你不知道，或许永远都不会知道。站台上有个男人，肩膀上扛着个孩子。他们挥手向某个旅客告别，可是这么晚孩子还在干什么？为什么那个男人在哭泣？站台那边的旁轨上，有辆餐车，里头亮着灯，有个侍者，兀自一人，坐在桌边算账。过去一点有一座水塔，再过去是一条灯火明亮却又空无一人的街道。接着你会开心地想，这便是你的国家——独特，神秘而浩大。换作在飞机上，在机场，或是在其他国家的火车上，这样的感觉，都是不会有的。

一列火车到达时，有名乘客下来，迎上去的是个名叫哈扎德[1]的房产代理人。也是，除了他，还有谁会知道镇上房屋

---

1 与“风险”（hazard）谐音。

的确切年份、使用价值、市场行情，还有状况好坏呢?“欢迎来到弹园村。我们希望你喜欢它，最终成为我们的一员。”哈扎德先生不是凑巧住在弹园村的。他的名字，像其他房产代理人一样，写在广告牌上，钉在各处空地皮的树上，可是他做业务的办公室，是邻村一间小小的办公室。这个陌生人把妻子留在广场酒店看电视，只身前来。在他看来，找房子这件事才刚刚起头。这年头房子价钱贵，还找不到恰好如意的。前任房主留下的斑驳装饰画和手提打字机，好比人过世后要收拾的衣服、文件一样，显得扎眼而棘手。他知道，他要找的房子或者公寓，至少要在他梦中出现过两次。待到一切结束，花园里该种的种了，家具该添的也添了，当初找房的那种较真便不复存在。可是在这个傍晚，旅行和迁徙的记忆还鲜活着，让他血脉偾张。弹园村的人到这里来，本意倒也不是多指望在此落地生根，当然了，要说真在此扎根也不合实际。人们来的来，走的走，大同小异的，是搬迁的杂乱，搬家车辆的来往，高利息的按揭，泪水，和各样的无奈。

“这是我们的商业中心。”哈扎德说。“我们有各种改进计划。那边是粉山，”哈扎德向右侧亮着灯的小山坡点着头说，“那里有处房子我要带你去看。对方要价五万七。五卧，三卫……”粉山的灯光闪烁着，烟囱冒着烟，一个粉色的绒毛马桶坐垫从一根晾衣绳子上飞了过来。隔得远远的，有个狂热而满心仇恨的少年在高尔夫球场闲逛着。这样的绒毛物，在他眼中就好比是粉山的一纸许可，一张奖状，一枚勋章，一面锦旗，在其后面，许许多多的人渣，穿着紧紧的英式皮鞋在行进着。他们中间有换妻的，有骚扰犹太人的，有酗酒打架的。罢了，他们都见鬼去吧，这个少年想。见鬼去吧，没人在下面看书的明亮灯光；见鬼去吧，放个没完却没人在听的音乐；见鬼去吧，谁都不会弹的三角钢琴；见鬼去吧，那些连雨水槽都被抵押按揭的白房子；见鬼去吧，那帮掠夺海里的鱼类喂貂又把貂皮穿在身上的人们；见鬼去吧，他们那些上面估计也只有一本书——估计还是本用粉色锦缎包着的电话簿——的书架。见鬼去吧，他们的虚伪；见鬼去吧，他们的装腔作势；见鬼去吧，他们的信用卡；见鬼去吧，他们对人类粗犷精神的非议；见鬼去吧，他们的故作纯洁；见鬼去吧，他们的荒淫；更要见鬼的，是他们对生活中力量和汗臭、色彩和狂热的过滤——不过滤掉这些，生活才有些意义。号叫吧！号叫吧！号叫吧！

但这个少年，和他的同龄人一样，判断失误了。譬如维克维尔夫妇吧——哈扎德和那位旅客正在路过他们的白房子（估计转卖价：65 000 美元）。要是粉山的社会习俗值得那个少年来攻击的话，维克维尔夫妇会是绝佳靶标。他们有风度，有才华，光彩照人，他们的日程，从劳动节到国庆节排得满满当当。他们是正经八百的社工——专职司仪，他们用自己的魅力和才华，让社交场面有条有理。像他们这样的人知道，在他们所处的时间和空间之下，鸡尾酒和晚宴对社区的作用，不亚于村委全会、学校校董和市政服务。这样的社区，祭坛就那么几个——准确地说，只有四个——而且不是用来献祭的，他们作为严格而敬业的司仪，似乎自己发明了某种献祭用的祭坛，而且真的还奉献上了些血和肉。他们总是滚到楼下，碰到家具尖角，或是把车开到沟里。刚到一个宴会时，他们穿得一丝不苟，不过她的右手臂会吊着石膏带。他一条腿瘸着，得靠金头手杖支撑，还总戴着墨镜。她是摔倒时把胳膊扭伤的。他则是冬天摔坏了腿，又为了盖住疤而戴着墨镜，那疤样子像老鼠，颜色却又红又紫，如暮冬之月，藏在云后，却被某个痴情而迷惘的青年看到。他们的光彩丝毫不受伤病影响。事实上，他们好像总有胳膊或腿受伤绑着，有时绑得厚实，有时露出薄橡皮膏布。

作为司仪，他们的才华和热忱，是很严肃的事。随便哪个寻常周末，他们的午餐、晚餐连续几天在外面解决，一到星期一，他们就睡到日上三竿，他们的敬业由此可见一斑。闹钟响起时，他还误以为有人来电话。他们的孩子上学去了，他断定其中一个孩子病了，或是闯了什么祸。当他醒悟过来是闹钟响而不是电话的时候，他下了床。他哼着，骂着，又站起来。他觉得自己是一个空心人，不过是最近才被掏空，皮囊包裹着鲜活的五官和脏腑是什么感觉，他还记得。她则痛苦地呻吟着，扯过枕头，把头蒙住。他沿着过道，走向洗手间，感觉自己痛苦而空虚。他看着镜子中的自己，发出恐怖和厌恶的一声大叫。他的眼睛红红的，脸上皱纹横七竖八，头发颜色浅淡，像是匆忙中染过一样。那一瞬间，他似乎拥有把自己吓坏的奇特能力。他把脸打湿，开始刮络腮胡子。这么一刮，耗尽了他的精力，他又沿着过道回到卧室，说他会乘坐晚一班车，然后回到床上，把毯子扯上来盖住头，把上午的时光挡在外面。她呜咽着，哭泣着，然后下了床。她的睡衣在身后扣着，盖住了她清秀的背。她去洗手间，但经过镜子的时候，把眼睛闭上了。回到床上，她又用枕头盖住头，他们俩都躺在那里，大声地呻吟。随后，他滚到她的那一侧，两人开始勤勤恳恳地做起爱的功课来，一做就是二十分钟，末了两个人的头都炸裂一般疼痛。他已经错过了 8:11、8:22 和 8:30 三班车。“咖啡。”他咕哝着再次下了床。他下楼到厨房里。走进厨房，看到洗碗池边架子上的空瓶，他又发出了一声痛苦的呐喊。

它们排列在那里，好比某个忏悔殿中的诸神，似乎蓄意要逼他就范，从他身上榨取一些祈祷。“虚空啊，虚空，看在杰克丹尼[1]和施格兰酒业的分上，怜悯我吧。”那些空瓶不为所

1 酒名。

动，显出残忍、指责的凶相来。那些标签——苏格兰威士忌、杜松子酒和波旁——如同中国妖魔一般残酷，但他明显感觉到，如果他来膜拜它们，安抚它们，它们会无动于衷。他把这些空瓶子丢进一个垃圾桶，但这也减弱不了它们的力量。他烧了一些水，然后像盲人一样，摸着墙回到卧室，卧室里妻子在痛苦地哭叫。“哦，我死了多好，”她叫道，“我巴不得我死了。”“好了，好了，亲爱的，”他用沙哑的嗓子说，“好了，好了。”他拿出一件干净的西装、一件衬衫、一条领带和一双鞋子，然后又上了床，拉毯子盖住脸。快九点了，园子里已经阳光明媚。他们听到校车在拐角处按喇叭，招呼叫马斯登的男孩上车。一周的美丽日子又开始陆续上阵。水壶的哨子叫了起来。

他第三次下了床，回到厨房，冲了些咖啡。他给两人拿了两只杯子。她起身下床，洗了把脸，也没有照镜子，然后又回到床上。他穿上了些内衣，也上了床。接下来的一个小时，两人一会儿起来一会儿倒下，一会儿进一会儿出，很努力地想回到正轨上，最终他穿好了衣服，在眩晕、郁闷、恶心和时不时勃起的连续折磨下，他进了自己的客西马尼园[1]：星期一的上午，10 点 48 分。

1 耶稣被捕遇难前的祷告处。

维克维尔夫妇的星期一早晨没什么虚伪可言，关于那个少年，我们也不要再说了吧。

陌生人或许已经留意到，这地方似乎很安静，他们似乎是从荒野的各样杂音——海鸥声、火车声、呻吟声、叫床声、野物咯吱声、撞击声、枪击声——之中，来到内陆。这个小区似乎经过消音处理，甚至连孩子练琴的声音都听不见。他们路过了豪斯顿家（7 卧，5 卫，65 000 美元）和韦尔奇家（3 卧，1.5 卫，31 000 美元）。风把发黄的榆树叶、信用卡、薯片、票据、支票和灰尘，吹到前灯光束下。这样的地方有没有专门的歌曲？陌生人可能在想。还真有。歌曲是唱给孩子听，或者是孩子自己唱的，有关于做饭的歌，脱衣的歌，玩水的歌，教会的顺口溜（我们把冠冕丢在你脚前），牧歌，山歌，还有一点本土的音乐。艾姆斯佛德先生（6 卧，3 卫，53 000 美元）拍掉自己从未学会的《赞美诗集》上的灰，唱道："霍奇基斯，耶鲁毕业，婚姻冷淡，三个孩子，在通用特法公司工作二十三年。唉，为什么我这么落魄，为什么我把一切错过？"他开始唱第二节前，人们急着跑出门，可是他接着唱："为什么一切的味道都像土灰，为什么我这些婚外情里看不到光彩，也看不到希望？"服务员过来把烟灰缸倒掉，调酒师用铁罩锁住酒瓶，终于把灯关了，可是他继续在唱："我试过，我试过，我尽了努力，可是为什么这样悲伤，这样忧郁？""打烊了，先生，”他们告诉他，“是因为你才打烊的。”当然也有一些比较积极的歌曲：“弹园村在发展呀，在发展，弹园村长久在。弹园村进步大，进步每一天，进步方方面……”

关键的数据？它们并不重要。离婚率下降了，自杀率是一个秘密，交通意外伤亡大约是每年二十二起，因为这儿的高速公路修得七扭八歪，如同是儿童用蜡笔乱画出来的。冬天的天气太恶劣，不利于柑橘类水果生长，但是对原生白桦树却是宽厚有加。

哈扎德把车停到一幢亮着灯的白房子前。“这是我给你相中的房子，”他说，“但愿她不在家。她这人不大懂销售的。她说过要出门的。”他按了门铃，但希思卡普太太打开了门。看样子是正要出门，但还没有走成。她是一个矮矮胖胖的女人，头发发白，打着发髻，身穿浴袍。她穿着丝绸拖鞋，一只鞋尖上有朵布玫瑰，另外一只没有。“嗯，欢迎你们来看，”她用嘶哑而又有穿透力的声音说，“但愿你们喜欢，能给买下来。我已经厌烦了人们在我屋子里走得一路是泥，最后却买了别的。这房子很可爱，而且屋子里所有的东西都状态良好——这要看你信不信我的话了——可是我知道，这儿有些人卖房子，有的电线乱糟糟的，有的化粪池堵塞，有的水管过时，有的屋顶漏水。我这里可没这些毛病。我丈夫去世之前，把所有一切都弄得服服帖帖的，我卖这房子，也不过是因为他不在了，这里我也没啥留恋的。什么留恋的都没了。一个妇女单独住这样的地方没必要。小区嘛，就是小部落，和别的部落也没什么两样。丧偶的，离婚的，打光棍的，部落长老都敞开欢迎。五万七是我的定价。这不是要价，而是最终成交价。我们装修都花了两万，我丈夫去世前，每一年都粉刷一遍。去年他把厨房给粉刷了，用的都是星期六、星期天和晚上时间。接着他粉刷过道、客厅、餐厅和卧室，第二年一月，他又重新粉刷厨房。他去世那天还在粉刷餐厅。我在楼上。我说他去世，各位不要以为他是一觉睡过去了。他在粉刷的时候，我听到他在自言自语。'我受不了了。'他说。我到现在都不知道他这话是什么意思。接着他就到了花园里，开枪自杀了。到这时候，我才看出邻居们的人品来。你在全世界都找不到比弹园村更善良、更善解人意的邻居了。他们听说我丈夫去世，都过来安慰我。一定有十来个人吧，我们每个人都喝了点，他们很能劝慰人，我差点都把发生的事情给忘了。我的意思是说，仿佛什么都没有发生过。好了，这儿是客厅。宽十八，长三十二。我们开鸡尾酒会，最多的时候有五十位客人，可一点都不显得拥挤。这地毯，我可以按买价的一半卖给你。纯羊毛的。这窗帘如果你太太想要的话，我们也可以商量。你有女儿吗？这过道举办婚礼再好不过了。我的意思是说，最适合新娘抛花束了。这边，是餐厅……"

餐桌上放着十二套餐具，有汤盘、酒杯、烛台和蜡花。“我的餐具一直都保留着，”希思卡普太太说，“我已经几个月没有招待过客人了，可是希思卡普先生讨厌看到桌子空着，所以这些餐具我都一直摆着，就算纪念吧。桌子空着他就郁闷。我每周换两次摆放方式。村里有四座教堂。我想你大概也知道戈里溪乡村俱乐部吧。里面有个十八洞球场，皮特·埃里森设计的，还有四个全天候网球场，以及游泳池。但愿你不是犹太人。他们这方面规定得很严的。我自己没有游泳池，老实说，这样局限性也很大。大家说起游泳池里用的化学药品这些时，你就插不上话了。我请人来报过价，在后院安装游泳池的话，要八千块。维修费是每周二十五块左右，另外打开、关上这游泳池，他们要收一百块。至于邻居，我也说了，都是很好的人，不过需要花些时间去了解。你可能会认为街对面的哈利·普鲁塔克人有点怪，不过你要是知道来龙去脉就不会这么想了。他的妻子和豪伊·琼斯私奔了。有天早晨她让一辆搬家车过来，把屋子里所有东西都给搬走，只剩一把椅子、一张单人床和一个鹦鹉笼，她就这么干！他下班回家，发现屋子里空了，从此之后，他就一直这样，和这把椅子、这张床以及这只鹦鹉一起过。这是一张晚报，你看看或许能了解了解这儿……”

希思卡普太太冲着厕所，开门关门的时候，我们的陌生人——名字是哈默——对她的房子兴趣逐步下降，到最后都忧郁起来了，可是这悲哀而明亮的房子，里头很宽敞，空间利用率高，这种地方是很适合人住的。这里有可怜的希思卡普先生的幽灵，可是哪处房子没有个把幽灵呢？“我想这正是我们想买的，”他说，“明天我带哈默太太来，让她来定。”

哈扎德开车送他回火车站，把他丢在那儿。郊区的候车室没有怎么好好维护，里头被洗劫过。晚风从破窗上灌进来。钟面被砸碎，连钟上的指针都没了。建筑师多年前修建候车站的时候，设计中蕴含着旅行的情色和浪漫气息，可是他所有的规划，都被拆走、抹平，哈默先生就好像身处一个战争废墟中。他打开报纸开始看，上面写着：“利斯戈俱乐部的年度宴会，星期四晚上在哈维餐厅举行。节目开始是爱侣的游行——她们都是成员的妻子——接着是由伦纳德·A. 阿特金森夫人表演呼啦圈，她的丈夫弹尤克里里琴伴奏……

“戈里溪乡村俱乐部为十七位少女举办成年礼……

“昨天晚上，在雷德本环路23号，刘易斯·哈里奇先生在家里举办烧烤晚会期间，一罐子木炭点火器爆炸，点燃了他的衣服，哈里奇先生被烧死……

“教育税预计会增加。”

他上了7:14那班车。

第二章

圣餐。四旬斋前的第二个星期日。内尔斯在祈祷的时候，听到了圣坛里有蟋蟀在叫，雨水槽在叮咚作响，仿佛有人在敲铁皮鼓。他心目中的教会日历，和各样的福音启示及纪念清规关联不大，而更多和天气联系在一起。圣保禄宗徒归化日[1]意味着暴风雪。圣玛弟亚宗徒日[2]意味着解冻。纪念迦南婚礼[3]和麻风病人得洁净[4]的时候，暖炉还烧着，不过花玻璃窗通气口有时候会打开，让料峭春风吹进来。禁欲。守护好你的器皿。纪念耶稣离开推罗西顿海岸的时候，滑雪季节结束了。纪念耶稣上十字架的时节，雪橇架在花坛里，上面的油漆剥落，和刚开的紫罗兰混在一起。复活节时鳟鱼溪向钓鱼者开放。看到五旬节的红衣，回顾讲方言奇迹[5]时，意味着可以去游泳了。说到圣雅各和《启示录》时，已经天暖入夏了。你还能闻到爬至窗口的玫瑰香味，偶尔还会有只蜜蜂，嗡嗡地飞进神殿中，又

---

1 1月25日。

2 5月14日。

3 出自《圣经 · 新约 · 约翰福音》第二章，在此婚礼上，耶稣变水为酒。

4 出自《圣经 · 新约 · 约翰福音》第一章，耶稣让得了大麻风的人得到医治。

5 五旬节和“讲方言”典故出自《圣经 · 新约 · 使徒行传》第二章：“五旬节到了，门徒都聚集在一处。忽然从天上有响声下来，好像一阵大风吹过，充满了他们所坐的屋子。又有舌头如火焰显现出来，分开落在他们各人头上。他们就都被圣灵充满，按着圣灵所赐的口才，说起别国的话来。”

嗡嗡地飞出。纪念三位一体的时候，就完全到了夏天，酷热，干旱。说到好撒玛利亚人的比喻时，季节变换，夜间花园里的轻柔絮语，化作了呼呼风声，凌厉如铁。说到情欲和圣灵相争[1]和从死里复活时，便能看到焚烧枯叶的烟雾了。然后，再回到圣安德肋宗徒日[2]和降临期第一主日[3]。

内尔斯做礼拜时分神已非一天两天。自孩提时代起，在教堂里他大部分时间都在观察橡木长凳上的纹路。在特定光线和心境下，这些纹路构成的形体清晰连贯。第三排右侧靠近圣水盆位置，有一个蒙古人在策马冲锋。再往前的长凳上，似乎有一个开阔的湖——或是其他某种水域——还有一个半岛，上有灯塔。过道那边的长凳上，有交锋的兵器，再往前一排，似乎能看到一个牛群。这种分神倒没让内尔斯多难过。他不想灵与肉分离，也不想放弃这些教堂前厅的记忆。他在教堂里始终保持着低调的平常心。在这个冬日的早晨，他注意到在特契姆夫人身上，做礼拜时必欲与人一争高低的气息仍扑面而来。特契姆夫人是最近从一个神论教皈依过来的，做礼拜时回应积极，礼数周全，她对此也颇为自豪，甚至都有些咄咄逼人。神父的

1 出自《圣经·新约·加拉太书》第五章第十七节："因为情欲和圣灵相争，圣灵和情欲相争。这两个是彼此相敌，使你们不能做所愿意做的。"

2 11 月 30 日。

3 圣诞节前第四个礼拜日。

声音刚从衣帽间传来，她立马就站起来，一口一声“阿门”或“慈爱圣母”，声音庄严而洪亮，时间上也掐得准，说得总比其他会众早一些，仿佛是在参与某种教会赛跑。她下跪起来可谓“五体投地”，跪姿优美。念基本信条或是做忏悔时，她会字斟句酌。唱起《上帝的羔羊》，她会声情并茂，要是有人胆敢和她较量——这情况偶尔是有的——她会额外画几次十字，以示更多的虔敬。特契姆夫人是打不败的。

圣坛上摆放着菊花。台布是紫色的。仅有两支蜡烛亮着，分别象征着灵与肉。查理·斯图尔特走了进来，坐到前排一个座位上。他的模样让内尔斯有些不解。衣服穿在他身上显得空荡荡的。他一定减过肥，可是减了多少？四十磅？五十磅？那宽大的夹克，显得他颓废而衰败，模样骇人。是不是患癌了，内尔斯心想。但他们的妻子是好朋友，如果他患癌了，他也会有所耳闻。要是有患癌的事，真也罢，假也罢，消息总会像风一样，畅通无阻地在邻里传开。看朋友这副病歪歪的样子，他不由心事重重，想起生老病死的玄秘来。想起死亡，他又联想起一个事实来：半年前，查理的父亲在南美因飞机失事身亡。他料定查理穿的是他父亲的衣服。这么一想，他心情陡然好转。这一切原来这么简单！想到查理为着实用，不怕穿死人的衣服，他不由露出微笑。接着，有些陌生人走了进来。

领圣餐的人不多，内尔斯都很熟。新领圣餐的人难得一见，所以也难怪他好奇。这些人约莫四十来岁——那男的头发是褐色——都是一夫一妻异性婚姻体制的一流产物。她欠身，准确地说，是在行屈膝礼了。他僵硬地朝着十字架点了点头。诵读信条时提到圣母马利亚，她再次屈膝，而他仍然站立着。她是一个非常漂亮的女子，年轻时美貌所赋予的霸气，至今仍完好无损。他的脸刮得干干净净的，体面而鲜亮。若无这样的鲜亮，这张脸倒也平常。他们回应时声音清晰。

内尔斯心想，这女子优雅可人，一定是那非凡而长远的神圣婚姻给滋润出来的。看不出任何后悔来，内尔斯想，所以脸上一道皱纹都找不到。她所有的角色肯定都扮演得很好——热忱，聪明，睿智，有爱心。婚姻似乎是给她这种人设计的；事实上，搞不好婚姻制度就是她这样的人插手设立的。而男方呢？如果有人不像内尔斯那般宅心仁厚，没准会对他有所挑剔，料定他属于当面背后各一套的人物。兴许在其各方面处在巅峰之时，突然被人发现，他从他人托管的账户里贪污了两百万以供其变态淫乐，或是支付相关敲诈勒索。同样挑剔的人，或许会觉得她无聊，充满报复心，暗地里喝雪利酒成瘾，每天晚上都梦想着和成群男宠一起放荡。可是在这个下着雨的早上，对内尔斯来说，这对男女无懈可击。他们的体面、热忱和智慧都很真切。他们的生活并非没有惊险，但无论人生遭遇怎样的起伏，他们始终安之若素。

当那难以言喻的平静降临到众人当中时，神父离开圣坛做了个祈祷。底下喃喃的祈祷声，在内尔斯听来，有种天然的历史感，在他耳中如拍岸涛声。侍祭吹灭了灵与肉两支蜡烛，内尔斯完成了祷告，沿着过道，走到陌生人身后。

“我们姓哈默。”[1] 陌生人对神父说。

内尔斯[2] 觉得有些不妙，但四邻一定都觉得这家人姓得太妙了。这“锤子”和“钉子”两家人，还不知要尴尬地一起出席多少次鸡尾酒会呢！内尔斯自称不是迷信之人，不过取名的神秘力量，他还是相信的。比如他认为，叫约翰和玛丽的夫妇不会离婚。无论顺境还是逆境，无论疯狂还是清醒，就因为叫着这样的名字，两人就会白头到老。他们或许会彼此厌恶，鄙视，争吵，或许会哭泣，伤害，但要离婚那是没门。汤姆、迪克和哈利去里诺[3] 是分分钟的事，但说到约翰和玛丽，那可就真是至死不渝了。多糟糕的组合啊，锤子家和钉子家！

“欢迎来到基督教会，”神父高声说，“欢迎来到弹园村。菲利斯比神父写信过来说过你们。”菲利斯比神父可能没有说到他们的财务状况，可是兰塞姆神父一眼就猜出他们每年可以带来五百进账，当然他这类估测也失算过多次。例如，弗兰斯

1 Hammer，与“锤子”同音。

2 与“钉子”（Nails）谐音。

3 里诺是内华达州城市，以便于离婚著称。

比夫妇，家里养着马，备着马鞍，每年夏天去欧洲，可是每次来教会，只给奉献盘里丢一块钱，仅此而已。这还不算，他们每年报税的时候可能要报上千块的抵税额[1]。活到老学到老吧。“哈默先生，哈默太太，”他说，“我能给您介绍一下您的邻居内尔斯先生。”他笑了。

双方交换的眼神带着好奇，甚至有些敌意。陌生人显然也预料到了双方姓氏撞车引起的不愉快。内尔斯说：“我们的姓氏过去是内沃尔斯。”说起这话他也心情矛盾。他讨厌族谱、徽章这些，也不大会闲着无聊去查考祖上的辉煌。

“我从来没有查考过我们姓氏的历史。”陌生人说。好不友善呐！他挽着妻子的胳膊，离开了教堂。

“说说看，”神父问内尔斯，“托尼和坚信礼班是怎么回事？”

“他要在校队打篮球，”内尔斯大声说，哈默夫妇也能听见，“他是校队主力中所在类别唯一的队员，我可不想让他放弃掉。”

“哦，好吧，”兰塞姆神父说，“春天主教还要再来，可是我估计到时候他要打棒球的。”

“恐怕您说得对。”内尔斯说，他挪开位置礼让特契姆夫

1　教堂奉献可作减税抵扣。

人。特契姆夫人微微欠了下身，可惜神父手上光秃秃的没戴戒指，不然她可能都去亲吻了。

内尔斯驾车离开教会的时候，雨已经停了，可他还是把雨刷打开。这样做的原因，是写作本书之时，我们的社会已经成了汽车上的旅行社会，头灯、停车灯、信号灯和雨刷广泛使用，交通信号和通信方式也因此建立。晚报常讨论相关话题，以及信号怎样才合适。绞死杀孩子的人。（头灯。）减少州所得税。（停车灯。）废除秘密警察。（紧急信号灯。）教区主教曾建议教友开车的时候启动雨刷，以说明自己对重生和来世的信念。他穿过一个小区，小区所有的房子都占有一英亩或半英亩的地。所有的房子都是白色的。他自己家在镇西部边缘。他家占地有三英亩，地界上有块标志牌，上面写着："禁止倾倒垃圾。违者罚款50美元，并移交司法处理。"标志牌下面有一辆烧毁的汽车，三个坏电视机和一个脏床垫。弹园这里晚间人口稀少，可是它最让人不解也最为神秘的来客是和拾荒者相反的人——倾倒垃圾的。内尔斯每年有四五次在他的地界上发现破冰箱、电视机，残坏得面目不辨的废车，而且总还有几个床垫，从出租房来的，污迹斑斑，能看出人迹，其状淫秽。床垫无处不在。镇秘书曾告诉他，这些破烂不值几个钱，合法处理成本高，也不方便，得不偿失。更廉价、更便利的处理方法，是从城里开车到弹园来，就地倾倒，而不是请专业人士来拉走。还从来没有违规的人被抓捕和起诉过。内尔斯的问题仅限情感层面——他只要打电话给市秘书，次日早晨就会有卡车过来将这些东西拉走——看到自己的土地被这样糟蹋，他很恼火；这些家庭垃圾还有些私密性，容易引发联想，这也让他感到悲伤，感到不安。

内尔斯的房子（白色）是那种直线型荷兰殖民风格，门口有两根柱子，内部格局鲜有变化，如果有人站在旋转楼梯边的过道里，都能准确猜出家具每一根每一片如何摆放，以及每一处地方的用途，从东北方向主人房里的双人床，到食物储藏室的小吧台，到地下洗衣房里的洗衣机。在过道里，泰西向内尔斯迎了过来。泰西是一条红毛老狗，是条赛特猎犬。内尔斯已经训练了十二年，打猎的时候总带着它。泰西快聋了，而今，每当屏风门砰的一声关上，它就误以为是枪响，接着一溜小跑到外面草地上，准备去抓鸟或者兔子。泰西鼻口毛、阴毛和脚掌毛都白了，上楼梯也艰难了。到了晚上内尔斯去睡觉的时候会拉它一把。它有时痛得大叫。这叫声很可怜，很苍老，这样的叫声，也是内尔斯买下房子后，这房子里才有的，或者说才开始有的。内尔斯用一种亲昵到让人肉麻的口吻跟这条老母狗说话。他问它早上好，问它昨晚睡得怎样。他拍拍温度计，抬头看看天，然后问老狗它觉得天气如何。他邀请它吃一块烤面包，跟它说《时报》上的社论，出门赶火车的时候，他还像个小学校长一样，祝狗一天快乐。晚上回来，他会给狗吃些饼干或花生，给自己调些鸡尾酒，还常常点着柴火，这也主要是为了让狗舒适一些。他已经决定，要是万不得已要把它杀了，他会带它到玫瑰园后面，亲自来开枪。狗老迈之后，有了两个常见的毛病。怕高，怕打雷。雷声一响，它立刻就去找内尔斯，一直留在他身边，直到雷声的的确确转移到下一个郡为止。到了秋天内尔斯还带着它去打猎。

尼莉在厨房里煎熏肉，他去亲吻她，和她激情拥抱。内尔斯爱尼莉。如果他的命中有什么定数的话，那就是爱尼莉。如果尼莉死了，他也会把自己一道火葬了殉情，可是他从来没有想过尼莉会死。他认为她会长生不老。他用情专一，对婚姻神圣性有着绝对信仰，这都让相当多——多到让人吃惊——的人觉得病态，反常，不地道。因缘际会，内尔斯有机会染指的女子不少，不过，每当某个痴情的离婚妇人、寡妇或不守妇道的人妻向他发起进攻，他的小伙伴都采取一种冷漠态度，几乎是要催他回家。该器官似已驯化，只钟情自家饮食，自家的敞开火炉，还有尼莉的大腿。内尔斯要是有才一点，都会向尼莉的大腿献诗的。他不是没有这么想过。他诚心实意想纪念他的灵与肉的爱。掀开她的睡衣时，那道风景，总是让他头晕目眩。何等的美！何等奇妙的美啊！他对外在世界的热爱，便以这处地方为基础。

他们在餐厅里吃了早饭。内尔斯跑到过道，对着楼梯叫他的儿子："早饭好了，托尼。"

"可他不在家啊，亲爱的，"尼莉说，"他去彭德尔顿家了。你开车去教堂路上把他带过去的。"

"哦，是呢。"内尔斯说，不过他的表情还是很困惑。这小伙子是可以自由出入这个家，自由出入他的轨道，自由出入他的关爱，可内尔斯的脑子似乎始终转不过弯来。有时候明知儿子不在家，事实上是他亲自送孩子去了机场，送他上了飞机后，回到家，他还会在园子里找他。内尔斯对妻子和独子的爱，似乎是某种琥珀色液体，无止尽地流淌在他们周围，把他们包裹着，覆盖着，储藏着，让他们与外界绝缘，但又如同肉冻中的馅那样可见。

内尔斯和尼莉坐在餐桌前，扁平如二次元连环画，为什么这样呢？他们的情欲，有深度，有来头，有记忆，有幻想，也有突如其来的忧郁和热情。内尔斯叹了口气。他在想着自己的母亲。她四个月前中风了，从此就一直没有完全苏醒过来。她现在在村西边的一家疗养院住着。内尔斯每个星期天去看她一次，现在想起一周前的探视，便感到不安起来。

疗养院是那种因仆役阶层消失而显得过时的大型场所，也是殡葬师最喜欢的地方。这儿有水晶吊灯，门厅处有大理石地板，不过家具似乎是从某个古老的门廊捡来的，餐桌上的鲜花也仿佛是蜡做的。主任是个瑞典人，而且应该是个颇殷实的瑞典人，他的起薪就是每周一百五十美元，不过他在服装上不舍得花钱。他的裤子都脏得发亮，上身穿着形状难辨的褐色棉夹克。他说话没口音，不过用的是斯堪的纳维亚那种愉快的、如同歌唱的腔调。“鲍威尔斯医生昨天来过，”他用那种唱腔说，“不过他没有提供什么报告。她的血压是一百七十二。她的心脏有所损伤，可还是挺强壮的。我们每天给她打六次二十二毫升的 PLM，还有常规的抗凝剂。”主任没受过医学教育，不过耳濡目染下，也能卖弄些医学信息，就好比一个新兵也能说出些军事术语一样。“理发师星期三来过，不过我没让染她的头发。你让我不要去染的。”

“家母从不染发。”内尔斯说。

“是的，我知道，”主任说，“但我的客户大多喜欢把自己的父母打扮得好看些。我把他们叫作我的洋娃娃。”他用一种真诚而温柔的声音说：“他们看起来像常人，实则不然。”内尔斯带着些阴暗心理在纳闷，主任到底有没有玩过娃娃。不然怎么会有这种比喻？“我们给他们穿衣服。脱衣服。帮他们盘头发。我们跟他们讲话，当然他们回答不了。我把他们当成自己的娃娃了。”

“我能不能去看看她？”内尔斯问。

“当然可以。”

主任带领着他，上了大理石楼梯，打开门，进入他母亲的房间。这是一间小卧室，只有一扇窗户。要是整个楼里住的是一户人家的话，这房间应该是小孩的卧房。“上星期四她说话了，”主任说，“当时护工在喂她。她说：‘我住在狐狸洞里啊。’当然，她的口齿有些不清。好，我先走一步，你自己在这儿陪陪她。”他关上了门，内尔斯说：“妈妈，妈妈……”

她的白发很稀薄。假牙装在玻璃杯里，放在靠床的一张桌子上。她轻轻呼吸着，左手放到了被子上。内尔斯央求医生，如他说的那样，让她走，可是医生说自己的职责是挽救生命。母亲的身体没多少动静，说话也听不见了，可是这瘦骨嶙峋的身体内，仍蕴藏着极大的情感力量。她方方面面都算得上是个良家女子，善良，正派，富有爱心，这样的人竟也横遭厄运，离死亡一步之遥，这也动摇着内尔斯对世事的信心。他觉得如果好人有好报的话，她应该善终。他从字面上理解罪孽的工价是死亡这个概念。恶人生病，好人健康才对，可是看她这植物人一般的状态，他的想法显然是不过脑子的。她的手动了动，他注意到她戴着钻戒。一定是某个护工，像对待洋娃娃那样，把戒指戴到她手指上的。“妈妈，”他问，“妈妈，我能为你做什么？要不要让托尼来看你？想不想看看尼莉？”他是在自言自语。

内尔斯想起了自己的父亲。老头子是个好猎手，钓鱼也在行，他酗酒，也是所在俱乐部的活宝。内尔斯想起上大一那年放假回家。他把室友一道带回家。他很佩服自己的室友，在火车站自豪地向父亲介绍他，可是老头子扫了陌生人一眼，眼神中充满轻蔑和否定，还摇了摇头，对儿子走眼选了这么个旅伴感到十分不屑。内尔斯原以为他们会回家吃饭，但父亲带他们去了一家酒店，酒店里有乐队在演奏，有人在跳舞。父亲开始点菜的时候，内尔斯发现他醉得很厉害。他跟女侍者开玩笑，拧了一下她的后背，还把自己的水给弄洒了。乐队开始演奏《我的泡泡吹不完》时，他离开桌子，摇摇晃晃穿过跳舞的人群，把指挥的指挥棒拿走，自己指挥起来。餐厅里所有人都乐不可支，可是内尔斯当时要是有枪的话，一定会从后面把老头子给崩了。

老头子摇晃着自己的白头，手舞足蹈，示意给出极强和极弱音，无所不用其极地模仿着乐队指挥，简直让人乐翻天。这是他在俱乐部最成功的表演之一。乐队成员在笑，指挥在笑，女侍者也把托盘放下来观看，而内尔斯则在痛苦和不安中越陷越深，难以自拔。他本可以当场离席，找个出租车自己回去，可是这样的话，他和父亲之间本来就很脆弱的关系会雪上加霜。他说了声抱歉就离开座位，跑到厕所里，靠在洗手池上。这是他表达痛苦的唯一方式。回到桌子边，表演已经结束，他父亲开始喝起第三第四杯了。他们终于等到了晚饭，回家的出租车上，他父亲已酩酊大醉，睡着了。内尔斯扶他上了台阶，回到家，很欣慰尚能借此举尽到儿子的义务。他真心想爱老头子，可是扶他上台阶，是他尽孝的唯一机会。他父亲回到了自己的房间，迎接内尔斯的是他母亲的笑容。那笑容淡淡的，带着伤痛和理解，却又那么迷人。

屋子中唯一多出来的椅子上放了个新枕头。他要是往前一步，就可以拿起枕头，紧紧捂在她脸上，只用几分钟就可以结束她的痛苦。他走上前，把枕头从椅子上拿起，却回到自己座位上。要是她挣扎呢？要是她在痛苦和失去意识的虚空中，仍发自本能地顽强地眷恋着自己的生命呢？要是她突然清醒过来，哪怕是一刹那，看到自己的儿子在弑母呢？这些都是内尔斯吃早饭的时候在餐桌上的回忆。

尼莉作为女主人待人接物得体，在晚宴上，她跟你打招呼的时候，绝对不是那种你刚把帽子放下来她就惹得你站也不是坐也不是的人。她很迷人。那天早晨，她穿着蕾丝边的衣服，身上有康乃馨香味。她是一个娇弱的女子，头发淡红，热心参与社区工作，会插花，道德观念强，她这一切，都足够在夜总会演一出戏的了。她热爱文艺。餐厅里的三幅画都是她画的。画布买来的时候，上面就有迷宫一般密密麻麻的蓝色线条，看起来像是勘探地图。线条内还分区域编着号，一为黄色，二为绿色，等等。她严格按照说明书规定，居然能够在这没有生气的画布上，画出佛蒙特州的一个色彩缤纷的秋日午后，还把它挂在餐具柜上，或是再现盖恩斯伯勒[1]笔下吉莱斯比少校女儿的画像。这很庸俗，她也知道，但她还是颇开心。最近，出于十足的好奇心和求知欲，她还选修了一门现代戏剧课。她的作业之一，是去纽约一趟，看一场格林尼治村的戏剧表演并写剧评。她本打算找个朋友一起去，可是朋友临时病倒，她只好自己去。

表演是在一间阁楼举行的，观众很少。空气沉闷。第一幕结束前，一个演员把鞋子、衬衫、裤子都脱了，只穿着内裤背对着观众。尼莉简直不敢相信自己的眼睛。要是尼莉的母亲遇到这事，准会愤而离场，可是尼莉怕这么做的话，会显得古板。她打算当个现代女性，与时俱进。接着，那演员缓缓转过身子，打呵欠，旁若无人地伸着懒腰。这自然都是生活的真实写照，但表演的交错感、她的廉耻心和易激动的本性轮番上阵，搅得她情绪迸发，浑身出汗。如果这些不过是生活本相，为什么她的眼睛会直勾勾看着他浓密的阴毛，和阴毛间的那阳物。那东西耷拉着，如同没浇过水的枯花。灯光暗了下去。戏剧接下来的部分，演员都穿着衣服，不过尼莉已经心神不宁。离开剧院的时候下着雨，湿漉漉的。她穿过华盛顿广场去搭公共汽车。某个大学的一群学生在绕着水池游行，他们手里举着木牌子，上面写着：操，鸡巴。她疯了吗？她看着游行队伍，

---

1 盖恩斯伯勒（Thomas Gainsborough，1727—1788），英国著名肖像画家。

直到他们淡出视线。她看到的最后一个牌子上写着“狗屎”。她感觉浑身虚弱。她上了车，环顾四周，想找到同类的面孔，她巴不得马上看到本分的母亲、妻子，和其他任何以自己的房子、园子、插花、烹饪为荣的女子。她前面座位上有两个年轻小伙子在笑。其中一人把另外一个搂住，亲吻他的耳朵。她要不要用伞敲打他们？到了下一站，她所寻找的良家妇女坐到了她边上。她冲这位陌生人笑了笑，对方也跟她笑了笑，疲倦地说：“我到处在找英式大花布，好一点的花布，可是找遍纽约城，一码都找不到。我有上好的英式家具，家里房子也是英式的，可是布置起来，那种弹力粗花布很不合适，但问题是只能找到这种弹力粗花布。英式大花布肯定在哪里有卖，怪了，我偏偏找不到。我的旧花布都好看得不得了，问题是有些磨损了。蓝底配上鸢尾花、牡丹花和矢车菊都行。我这里有块样子。”她打开袋子，拿出一块印花的废布料。

本来这一切正中尼莉下怀，可是这位陌生人继续滔滔不绝的时候，游行木牌上的那些字——操，鸡巴——似乎一直在她脑海里熊熊燃烧着，她也忘不了演员的阴毛，和他那没浇水的花朵。她似乎无法回到过去了。陌生女子继续描述着她那些东西，可是尼莉开始感觉乏味，继而烦躁起来。生命降格到只剩地毯啊，椅子啊这些东西，是多可悲的事啊！满脑子都是便携设备这些：英式大花布象征着美德，粗花布象征着邪恶。这似乎比前面两个滥情的小伙子和那群粗鄙的学生更可恶。她似乎窥见了一场色情革命的来临，这让她茫然，痛苦，也打击了她的插花热情。她在雨中往东走到火车站，经过了几个报摊。这些报摊似乎都是专营裸男照片的。登上火车是迈向正确方向的一步。她要回家，一个小时后她要把家里门关上，把这个下着雨的狼狈下午，关在门外。她将恢复原貌，继续做她的尼莉·内尔斯或曰艾略特·内尔斯夫人，诚实，负责，聪明，贞洁，等等。可是她的镇定如果要靠关门来维系，那这镇定岂不也可鄙？可鄙也罢，不可鄙也罢，火车开动的时候，她感觉元气在恢复。到了站下了车，穿过停车场找到自己的车时，她已经完全复原。她开车上了山，打开了门。厨师在用黄油煮蘑菇，客厅里全是香味。“你这一天过得好吧？”厨师问。

“很好，谢谢你。很不错。下雨让人失望，不过不下雨，水库也没水啊，是不是？”她也为自己的虚情假意难为情，可是她能对人透多少底呢？她难道跟厨师说这一天很狗屎，或是跟厨师说她在舞台上看到的那些？她爬上楼梯，到了自己舒适的房间，洗了个舒适的澡，可是虚伪、闭塞、隔绝和些许盲目，似乎是她认知世界的唯一方式。她没有把她一天的经历告诉内尔斯。

早餐后内尔斯上楼到了儿子房间。前一天晚上，内尔斯和尼莉从一个晚宴上回来，看到小伙子在看书，内尔斯和儿子夜谈了一回。

“玩得还尽兴吧？”托尼问。

“还不错。”

“你睡前想不想喝一杯？”托尼问。

“当然可以。来一杯何妨。你要不要啤酒？”

“好的。我去拿。”

“我去拿。”内尔斯说，语气不算严厉，但是斩钉截铁。他不喜欢看到儿子这个年龄的人管倒酒这些事。他的一些朋友和邻居让自己的孩子倒酒或调酒。内尔斯认为这么做效率不高，也不妥当。孩子们常把比例搞错。另外，让他们这么去做，他们会丢失一些宝贵的纯真。他拿来了啤酒和威士忌，回到椅子上。他似乎满腹心思，对着地毯上的虚空皱着眉头。促膝长谈前的沉默时刻，两个男人相互庇佑，这样的感觉，正是爱的本质。

内尔斯跟托尼描述了聚会的状况，大部分来客托尼也都认识。小伙子心想，妈妈是不是睡着了，这样就不会听到父母卧室经常传来的那些求欢、挑逗、欢叫和喝彩声了。他希望母亲已经睡着了。空气中有些期许，他们高高兴兴而又自觉自知地扮演着传承已久的父子角色。内尔斯分明感觉到了爱，如果是在另外一个国家，或是他情感外露一些，他都会去拥抱儿子，可是内尔斯没有。内尔斯点燃了一支香烟，咳嗽着。他咳得很剧烈，带痰，让他浑身剧烈发抖，脸涨得通红。但这不过彰显了两人年龄的悬殊而已。托尼问他怎不把烟戒了。他要是戒了，就不会老咳嗽了。在这刺耳的咳嗽声中，在使父亲一下衰弱的香烟之力下，托尼想起生老病死的无情。但他又自豪地想，父亲从面貌到举止，都显得年轻，反正比唐·沃尔瑟姆、亨利·帕斯塔、赫伯特·马特森们的父亲年轻得多。他的父亲算不上体育健将，不过打冰上曲棍球比赛他能冲锋陷阵，打触身式橄榄球他偶尔能得分，去中级滑雪道滑雪他也能滑完全程。他四十二了。对托尼来说，这个年龄段古怪，老迈，过时。想到能活这么久，托尼便难掩兴奋，就好比考古学家看到了苏美尔人或西徐亚人的遗物一样。不过父亲的头发很浓密，里面一根白发都没有；脸上有皱纹，不过皮肤不显松弛；总之保养得还不错，也没有啤酒肚。他的父亲很不平凡，托尼想，他接着又厚着脸皮想到，他会把这种不平凡遗传下来。他的父亲不像其他父亲那样，开始出现白发、秃顶、肥胖和古怪脾气。他将是一个不平凡的父亲生出的不平凡的儿子。

内尔斯找了张唱片，放进播放机。托尼知道，这歌一定是《红男绿女》。内尔斯几乎从来不去剧院，对音乐也没有多大兴趣，可是出于某种至今没人能说清的原因——毕竟时间太久了——有人送了两张《红男绿女》的门票给他。可能是某个朋友生病了，或者是有事要出城。内尔斯本想把票转手给别人，他很不喜欢音乐剧，从来没有听说过勒塞尔[1]和鲁尼恩[2]，但尼莉有套新衣服，她想穿，出于这个原因，他们去了剧院。他狐疑地听完了序曲，但听到赋格曲的时候，他开始狂喜，接下来每支曲子，都把他的狂喜带向新的高潮。到最后合唱的时候，他站起来，双手狂拍，高声叫着："再来一遍，再来一遍！"剧院灯光亮起来了，他还在鼓掌，还在高呼。他也是最后一个离场的人。

他想，他今晚所见，都可以写进戏剧史。他也形成一套关于悲剧性崇高的煽情理论。他把弗兰克·勒塞尔和俄耳甫斯[3]混为一谈了。他在报上看到勒塞尔离婚时，悲伤地认为，这事和《红男绿女》的完美有关。他无意去看勒塞尔的其他剧目，想当然地认为这些和《红男绿女》相比一定惨不忍睹。没有人——不论是什么艺术家——都无法再现那样的成功。他似乎感觉勒塞尔，如同圣瓦西里大教堂[4]的建筑师一样，应该把双眼刺瞎[5]。那戏的首映在他看来像仲夏日一样完美，它的崇高显示冬日和死亡将无可避免。

1　勒塞尔（Frank Henry Loesser，1910—1969），百老汇音乐人，《红男绿女》的词曲作者。

2　鲁尼恩（Alfred Damon Runyon，1880—1946），美国作家，《红男绿女》原著作者。

3　希腊神话传说中的诗人和音乐家。

4　莫斯科红场上的大教堂。

5　传说教堂完工后，伊凡大帝刺瞎了建筑师的眼，以免其他地方出现同样的教堂。

他开始跟着唱片唱起来。首映后他立刻买了唱片，由于一直没有更换过，现在音质有所下降了。他无所谓。有没有歌词他无所谓，他用了一些幼稚的噪音（哒哒啦）来替代，但是唱到《今夜的好运女神》时，歌词他都记得，他以拳击掌，完整地唱了起来。到合唱的时候，他做出了伸手抓的动作，以示捕捉星星。等最后一个音符也结束的时候，他叹了口气，说："那演出真是好，实在好。好可惜啊，你没有去看。好了，晚安。"

现在，在这个星期天的上午，他像是在找儿子。托尼的房间很冷。小伙子把暖气关了，把两个窗户打开着睡觉。这样的寒冷，显得这房间空了不止一个上午的时间。内尔斯感觉，他好像都离开一年了，可是为什么呢？他带着一种爱意，看了看四周既亲切而又寻常的杂乱：打了皱、上了防滑钉的橄榄球鞋，橄榄球衫，还有斯蒂芬·克莱恩、毛姆、塞缪尔·巴特勒和海明威写的一摞书。早些时候，他来找字典，从儿子书架上找了一本，打开来，里头有五十多张裸女的印刷照片滑落下来，瀑布一般落到地板上。他被刺激到了，这是他的主要反应。他看了看这些照片，他对女子了解甚少，这些搔首弄姿的陌生女人倒是让他开了眼界。纸质很低劣，他估计这些照片是从某些擦鞋铺、发廊之类地方的裸体杂志上剪下来的。他心爱的儿子不去收藏邮票、印第安箭头、地质标本、钱币珍品，却在收藏这些图片，他倒是一点都没觉得难受。他把这些照片丢到废纸篓，然后继续去查困扰他的单词拼写。一段时间后，大约过了一个月吧，小伙子问："你用过我字典没有？"

"哦，用过，"内尔斯说，"所有那些照片我都给扔了。"

"哦。"男孩说，接着两人都没再说什么。

靠近窗户的桌子上有台录音机，这是他送给男孩当生日礼物的。他是不会去开的，不然就跟拆看儿子的信件一样。他在这方面的隐私观念非常严谨和刻板。不过，要是他去打开的话，他会听到儿子的声音，因为翻录而低了半个八度，说的是："你这个老狒狒，你这个肮脏的老狒狒。我自从记事时起，每次想睡觉的时候，都能听到你们说这些肮脏的东西。你们说的那些东西再肮脏不过了，你这个肮脏、污秽、淫荡的老狒狒。"不过他没开过录音机。

他脱掉去教堂的西服，换上工装。他曾向教区委员会建议，鼓励早来领圣餐的人穿运动服和工装做礼拜，他们大部分人星期天本来也是穿这些，可是兰塞姆神父反问，他是不是要穿着网球短裤来参与圣礼？他去了地下室，给链锯加了汽油，上了润滑油。房子的南面是一个小山谷，山谷中有十二棵榆树，榆树虫在慢慢消灭它们。周末的时候，内尔斯都在砍这些坏死的树，锯断，劈开，变成火炉用柴的大小。这些树身上曾有过让人心碎的美，如今那美荡然无存。顶端的树枝掉落下来，树皮剥落，树干裸露着，在冬日阳光下，如同骨头一般发亮，有一半的树折断了，样子难看，就像噩梦里出现的或是战场中的景象。他选了其中一棵，算好了怎么来砍。这电锯他用得得心应手，他为之自豪，甚至可以说扬扬得意。致命的锯齿发出号叫与怒吼，在他听来是种享受。山谷四面封闭，那天早晨天气反常地热，死去的树散发出香味来——香料的味道，让他想起罗马那些冰冷的教堂。春天。他听到了咕咕声，或许是斑鸠，或许是猫头鹰。空气柔和，可是远远算不上诗情画意，这是一种带着问题的柔和，中间有变故带来的不安。四旬斋前的第二个星期日。使徒书信？那是什么？接着，他想了起来。“被犹太人鞭打五次，每次四十，减去一下。被棍打了三次，被石头打了一次，遇着船坏三次，一昼一夜在深海里。又屡次行远路，遭江河的危险，盗贼的危险，同族的危险，外邦人的危险，城里的危险，旷野的危险，海中的危险，假弟兄的危险。受劳碌，受困苦，多次不得睡，又饥又渴，多次不得食。受寒冷，赤身露体。”[1]

接着尼莉听到了电锯的号叫。

---

1 出自《圣经·新约·哥林多后书》第十一章第二十四至二十七节，中文译文选自《圣经和合本》。

第三章

一天早晨，托尼不肯下床。

“我没有病，”母亲来量体温的时候他说，“我只是很难过。我就是不想起来。”

他的父母亲决定让他休息一天。

五天后，他还躺在床上。

尼莉先后叫来三个医生看儿子。在她眼中，这三个医生好比神话传说中的三个追求者，可以选择三个宝盒，里面分别装着金、银和铅。其中一个盒子里装有一把幸运钥匙，打开的人可以得到珠宝和新娘。这些猜测使她想起传说中的王子。他们一个接着一个前来诊断，试图破解、猜测孩子的病因。是金？是银？还是铅？第一个来的是全科医生。

穆林医生很不乐意来，因为在这时候，医生从不上门出诊。遇到大病，病人就被救护车送进医院，最后的程序由住院医生和实习生接手。穆林医生敦促尼莉把托尼带到诊所来。可托尼不肯下床的事，尼莉解释起来还颇费了一番功夫。终于讲清楚之后，穆林医生同意中午到她家来。

他开着一辆大众前来，车没洗过，护泥板还瘪着。他还年轻，比尼莉年龄小，其经历一定让他尝到了生老病死的永恒威力，但他身上的乐观、开朗未曾受到影响。这对他的业务并不利。他的病人即将走入坟墓时，是不大乐意哀痛经验不足的人来救治的。他不是那种咋咋呼呼的人，也不傻，可是那乐观让人觉得受到冒犯。它就如同突然把门吹开，把纸吹乱的大风。尼莉带他到楼上托尼的房间，自己在下面等着。她能听到穆林洪亮、欢快的声音，和托尼的轻声回答。

“他绝对没事，”医生下来的时候说，“我采了些尿样，抽了血，回头我让化验室查查。如果他明天起床，我再给他做个心电图，我肯定他没事。事实上我好久没看过这么完美的尿样了。当然，他还年轻，正血气方刚呢。他不起床可能是因暂时性的抑郁。如果他明天还不起床，我开点药吧，吃了应该见效的。”他写了处方，并对尼莉笑了笑。医生和治疗者的关系来得快，靠得近，关系中还有些许温柔，一时间尼莉竟喜欢上这医生了。他叫她第二天上午十一点钟打电话过去，她如约打了。

“他还不起来，”尼莉说，“他在床上躺六天了。我把一颗药放在一杯橙汁里让他服了下去。没过多久，我听见他起来了，冲了个澡，接着下来到厨房。他衣服穿得整整齐齐，所以我就觉得有点不大对劲。他走路摇摇晃晃，一直在笑，瞳孔小得像针点。我问他要不要吃点早餐，他说他想吃六个煎鸡蛋、六块烤面包和一夸脱牛奶。他说他一辈子没有这么饿过。他非常烦躁不安。他在厨房里走来走去，笑着，中间还像个酒鬼一样，撞到桌子上了。早饭全吃下去之后，他说：‘我感觉好强壮。我一辈子从来不像这样感觉强壮。我得赶紧出去，不然家我都能给拆了。’这就是他的原话。接着他出了厨房，开始沿着小道跑向科特兰。那是条古老的马道，约有六英里穿过森林。他过去在田径队跑过。当然我跑不过他，于是我开车绕道上了64号路，到了和那条马道交叉的路口。我在那里等候了大约一个小时，接着，他从马道上跑了过来。药应该出汗出掉了，他似乎没那种醉相，不过也好像失忆了。他不记得吃早饭的事，也不大明白自己怎么跑到了64号路。我开车送他回家。他在车上睡着了。而后，他冲了个澡，又回去接着睡。”

“嗯，估计这疗法以后就免了，”穆林医生说，“这药我听说有副作用，不过我想不妨试一下。内尔斯太太，我也不知道该跟你怎么讲，除非你想试试心理治疗。我跟布朗森医生共事过，他在村里有个诊所，如果你想去找他的话。”

那位精神科医生比全科医生更不愿意出诊，可是尼莉把情况说清楚后，他终于同意上门了。他三点钟开车过来，此时尼莉站在窗口。他的车是一辆明亮的蓝色敞篷跑车，车前身很长，似乎是下决心要显摆自己的兽性和昂贵。尼莉不解，一个专业治疗忧郁和悲伤的人，怎么会有这样俗气的车子。可是那医生从车里出来的时候，看不出他的俗气来。那样子有一丝胆战心惊，举棋不定。他关上了门，拧着手，愁容满面地前前后后看了一下车子。然后，他上了楼梯，按了门铃。

他没有带包，当然，其他任何私人用品也没有。她感觉，这医生在气质上像个牙医。他的样子里有厌倦也有亲切，他仍在拧着双手。尼莉在描述情况的时候，他在客厅里绕来绕去，仿佛小地毯中间放了把牙科椅子。他稍弓着腰，仿佛是在看一个俯卧着的病人。他的声音里有些忧伤，也带着治愈的气息。尼莉带他上楼到托尼的卧室，关上了门。五十分钟后，他又回到了客厅。

“恐怕他病得厉害，内尔斯夫人，最糟糕的是，他不配合。我觉得你可能要送他去住院。”

“住什么院？”

“附近镇上有个疗养院，叫巨石阵疗养院。我常让我的病人去那里。用电击疗法应该有效。”

“天哪，可别这样。”尼莉说。她哭了起来。

“电击疗法并不致命，内尔斯太太。第一次治疗后，他都不会知道发生了什么。这种治疗不会引发焦虑。”

“天哪，可别这样，”尼莉说，“求你了！”

“内尔斯夫人，他内心极为纷乱。要是他肯配合，可能需要几个月的密集治疗，才能理解到底发生了什么。他这一代的人，处在这样的环境，有时候会引发一些我们难以分析的问题。我在想，是不是小伙子有所需要，你们都能提供？”

“只要合情合理我们都满足，”尼莉说，“他还没车。”

“我看他有一台录音机，一台电唱机，衣橱里装满了昂贵的衣服。”

“是的。”

“在你这个收入阶层，人们喜欢用物质供应取代道德和心灵上的管教。应该有明确的善恶观，哪怕是错误的，也总比没有强。”

“艾略特几乎每个星期天都去做礼拜。”尼莉说。

她这么一说出来，顿时又觉得这事实多么可怜，多么经不起琢磨。她知道艾略特祷告无精打采，敬拜不冷不热，领圣餐也是出于习惯、迷信和情感因素。“我们不说谎，”她接着说，“我觉得托尼从来没有说过谎。”医生对她淡淡一笑，这笑看上去让人不舒服。“我们不看彼此的邮件。我们不出轨。不说闲话。我们按时支付账单。艾略特爱我。我们在晚餐前会喝点酒。我烟抽得凶……”

就这些吗？这像是一场拙劣的表演，可是她还能说什么呢？蓄须的先知，可怖的骑兵，电闪雷鸣，用远古语言写在石板上的神圣诫命？“我们是老实本分的人家，”她愤怒地说，“这个我们也没觉得有什么内疚的。”

“我不打算让你感到内疚，内尔斯夫人。老实本分没什么可指责的，但问题是你儿子病得很厉害。”

电话铃响了，尼莉去接的时候，有人说要跟医生说话。“这房子少于五万我不卖，”医生说，“如果你要找便宜点的，我在栗树街有个不错的现代牧场房。我知道那地方估价三万，但那是八年前的估价了。五万是我的拍板价。”“对不起。”他对尼莉说。

“没事。”尼莉说，但谈话惹恼了她。难道这大夫业余做房地产？还是看精神病是他的副业？

“你要不要再过来？”尼莉问。

“不，除非他要找我，”医生说，“否则你浪费钱，我浪费时间。”

医生走后，尼莉爬上楼梯，问托尼他感觉怎样。

“差不多，”他说，“我仍然感到十分难过。我觉得房子好比是纸牌做的。我小时候生病了，你给我做纸房子，我把它们吹倒。家里这房子不错，我也喜欢，我就是觉得它是纸牌做的。”

第三个来的是治疗梦游症的专科医生。他先后乘火车和出租车赶来，在尼莉看来，他更像汽车维修师。他带着手提箱来，另外还有一个更大的箱子，里面装满仪器。她问托尼会不会受到伤害，他保证，他只会用到一些电极，很轻柔的，测量体温用。她带他到客房，正要向他介绍托尼，这时候医生说：“我想我得小睡一会儿。你知道，我一晚上大部分时间都会醒着。”

“需要什么东西吗？”尼莉问。

“哦，不用了，谢谢。我就躺下好了。”他关上了门。

五点钟他下来了，尼莉问他要不要喝点酒。“不用了，”他说，“不用了，谢谢。我是匿名戒酒协会成员[1]。都参加一年半了。对了，过去你要是见过我就好了。我那时体重二百五十磅，装的大部分都是杜松子酒。我参加的第一个戒酒组是在村里。帮助不大。我的意思是，来的都是些稀奇古怪的人。接着我换到东六十街，信不信由你，内尔斯太太，这中间没有一个杂七杂八的人。全都是些显赫的商人、律师和医生。我们说说戒酒症状就说得很开心了。感觉像是到了鬼门关。就好比在谈论地狱之行。我们都去过那儿，谈论起来像游客说自己去过的旅游地。很了不得的一群人。聚会结束时，我们做个祷告。我估计，”他说，“牧师、神父一直想着上帝。我估计，他们一睁眼就想着上帝，当然他们睡觉前也祈祷。我也这样，只不过不想上帝；我想着酒。我早晨一醒来就想着酒，我全天都想着酒，睡觉前还把皮囊装满。酒好比是我的上帝，我意思是说，它就跟上帝一样无处不在。乌云让我想酒，下雨让我想酒，星星也让我想酒。上瘾前，我常常在梦里看见姑娘，后来我梦里出现的都是酒。我的意思是说，梦应该是来自思维深层，和性

1 AA，即 Alcoholic Anonymous，美国 1935 年成立的为帮助个人戒酒的自愿自助组织。

一样，不过对我来说，酒藏得最深。我会梦到我一只手拿杯子一只手拿瓶子。接着我又梦见我在杯子里倒了两三英寸。然后我喝了它，梦到自己要开始新生活时的那种奇妙感觉。我梦到过波旁威士忌、苏格兰威士忌、杜松子酒和伏特加酒。我从来没有梦见过朗姆酒。我从来不喜欢朗姆酒。坐在那儿喝着，看着电视里的漫画，我感觉像是顺着滑竿往下溜，溜啊溜，舒适得很。早上醒来，带着颤抖和忧郁，又开始想酒了。”

晚饭的时候，这位专科医生试图解释他的职业，不过用词太过专业，尼莉和内尔斯都没弄明白他到底什么名堂。八点钟，他带着仪器上楼，说：“该开工了。”他把门关上。下来吃早饭的时候，他的眼睛红着，似乎熬了一个通宵。内尔斯开车送他到车站，到了一周快结束的时候他把诊断报告寄过来了。报告上写道：“患者 9:12 意识停止，体温随之下降。他用范琛式睡姿，亦即趴着睡，膝盖弯曲。10:00，他有两分钟梦境，体温升高，这也让他的心血管放松下来。10:03，他改成光轮式睡姿，亦即左腿弯曲。他的下一个梦境在 1:15，持续了三分钟。该梦境导致勃起，他稍醒了一会儿，接着又转至产前式睡姿，再度入眠。他的体温保持恒定。3:10 他恢复了范琛式睡姿，并开始打起鼾来。打鼾是口鼻皆用，持续了八分半钟……”该报告打印了五页纸，还附有一张五百美元的账单。

第四章

内尔斯认为痛苦和苦难是个公国，处在西欧合法边界之外的什么地方。其政府实行封建制度，地形多山，不过它不会在他的任何行程中，他的旅行代理也不会知道。他间或会收到从这个遥远国度发来的明信片。明信片正面的风景画里，应该看得到立在公园的埃斯科拉庇俄斯[1]塑像，远处是雪山，明信片背后写着："埃德娜大部分时间处在睡眠状态，她还能活三个星期，但是她希望你能来信。"他给垂死的人写一些有趣的信，寄给那遥远而古老的都城，那里的市政厅大楼报时小人[2]身形残缺，公园里的雕塑上面写满人能想象到的各种痛苦，宫殿被改造成了医院，在拱桥下，血水之河浮起泡沫。他无意到此旅游，不过他梦见自己从火车车窗里看到这可怕的山间风景，醒来惊恐不已。

托尼在床上躺到第十二天的时候，内尔斯不再对悲伤一无所知了。好运倒不至于跟小孩生日会尾声时的花生一样被派发光了，可是他隐约觉得，人生总得有一定量的粗犷乐趣，一定量的辛苦工作，一定量的金钱与爱情。他在各地看到的阶层不

1　希腊神话人物，负责医药和治疗。

2　本为慕尼黑景点。

公，他无法理解，也不去关心。内尔斯是个幸运儿！现在，他的儿子濒临死亡。这并不是他人生当中的新生事物。它将是他的全部生活，他将要领悟苦难的坚韧不拔。早晨醒来，他的第一个念头，便是可能会听到托尼走下楼梯的声音。他所做的一切——酗酒，玩耍，工作，金钱——都不过是转移注意力，好让他不去想着迷失的儿子抓着枕头的痛苦形象。他被痛苦所占据，接着又发觉背运会让人妒火中烧。弹园村这么多年轻人，为什么偏偏挑选托尼患上这种神秘且没法治的怪病？这不是他问自己的问题，而是周遭世界从早到晚一直无情强加给他的问题。听到火车站台上那些快乐的傻笑，内尔斯感到愤怒、苦闷：为什么朋友的儿子们都能自由地在日光下行走，奔跑，可自己的儿子如同在坐牢。和朋友一起吃饭的时候，朋友们免不了要夸耀自己儿子的成功，他会感觉忧伤、焦虑，仿佛自己和周遭的人之间存在有形的隔阂。看到陌生的年轻人在街上跑，他都想去叫住他："停住，停住，停住。我家托尼过去和你一样结实，一样跑得快呢。"他过去像爱国一样爱着自己的生活方式，现在他发现自己参与着颠覆、间谍和报复活动。

"你知道有个人叫哈默吗？"尼莉有天晚上问。内尔斯解释说，他在教堂里见到了哈默一家。"嗯，她下午打电话来了，"尼莉说，"请我们去吃晚饭。我是不会请陌生人来吃饭的，不过他们的家乡有这种风俗吧。"

"可不是，是有些奇怪呢，"内尔斯说，"我们刚在门廊上打过招呼。也许他们孤独吧……"他脑子里想的不是哈默而是自己的孤独。想到托尼还躺在床上，他维持健康社交的严谨观念就瓦解了。托尼这场病，让内尔斯很伤心，生活中原来还有他未曾料想到的苦难，兴许他应该慷慨一点，忽略哈默夫人的唐突，接受她的邀请。"如果我们也没其他事，那不如去好了，"他说，"这也是睦邻之道，再说我们可以早点离开。"过了几天，他们开车来到粉山。这天晚上星光灿烂，金星亮得像个灯泡，沿着步行道到屋子的时候，内尔斯弯下腰，亲吻了一下自己的妻子。哈默开门让他们进来，将他们介绍给自己的妻子和其他客人。玛丽埃塔·哈默似乎心不在焉，神情冷淡，也可能是喝醉了。内尔斯的一大缺陷，是无法以貌取人。他认为所有男男女女都诚实、可靠、干净、快乐，所以也常会有吃惊和失望的时候。他一眼就能看出，自己在教会里对哈默夫妇的乐观估计应该改写。另外还有三对夫妻——泰勒夫妇，菲利普斯夫妇和哈扎德夫妇。好像没有女佣。哈默在食品储藏室调酒，玛丽埃塔说了声对不起，然后走进厨房。

"你们认识哈默夫妇很久了吗？"艾略特问其他人。

"我其实对他们一无所知，"泰勒先生说，"我经营着村里的福特经销处，他来买车时，请我们过来吃饭。我估计他们是两辆车家庭——粉山这边家家都是——所以说我是来做生意的。"

“我把冷柜卖给了他们。”菲利普斯先生说。

“他是通过我买的房子。”哈扎德先生说。

“这房子很可爱的是不是？”哈扎德太太说，“过去是希思卡普夫妇住这里，直到丈夫去世。”

“他人真是不错，”哈扎德先生说，“我一直没搞懂他为什么做这事。”

“我们看看，”哈默从储藏室出来说，“你要的是波旁。苏格兰威士忌和水……”

“哈默先生，你是做什么生意的？”哈扎德先生问。

“我是保罗·哈默联合公司总裁，”哈默说，“我们什么都做。”

玛丽埃塔·哈默笑了起来。她的笑声看来是要让丈夫脸上难看的。这笑声很有音乐性，半个八度音，但艾略特觉得，这种笑声，是妇女俱乐部、桥牌室，或是供应精美甜点的饭店里会听到的那种。它没有那种引发性欲的力量。她长长的金发，长长的耳环，长长的衣服，颇有些美感，是杂志封面上的那种美感。不过这种封面，是那种在牙医候诊室看到的旧封面，有所磨损，杂志还是前年留下的。她走进储藏室，给自己又倒了些威士忌。泰勒对自己来招生意的事实直言不讳。喝鸡尾酒的时候，他说等哈默来买第二辆车时，他能给很好的折扣。至于晚餐，乏善可陈，这倒也顺应弹园村潮流。有道匈牙利浓汤或是炖汤什么的，玛丽埃塔带着极度的厌恶在里面挑来挑去，让艾略特不由怀疑这菜是否出自哈默之手。“嗯，我估计二位在弹园村还没待多久，还难以形成什么判断，不过我们确实希望你们喜欢这地方。我一直认为这是个很好的社区。”

“我们在这里才两个星期。”哈默说。

“要问我的看法，”玛丽埃塔说，“我可就直说了。我觉得很烂。就像一个化装舞会。这儿能做的事，不过是去布鲁克斯买衣服，赶火车，每个星期去教会一次，而且谁也不会再问你是什么人。”

“拜托了，亲爱的，”哈默说，“今天晚上就少说这些吧。”

“哦，你怎么了？”她问，“恼个什么呢？你已经恼火一个星期了。就因为我买这衣服，你觉得不爽了？是不是这个问题？你是不是觉得我应该在梅西啊，亚历山大啊，或者其他这类地方买？你是不是觉得我应该自己做衣服啊，老天爷！是啊，花了四百块，可是我穿上好看，我总得穿点什么。我衣服也不多。是啊，我衣服不多。得，我衣服很多，我刚才的话很愚蠢，你去幸灾乐祸吧。哦，天哪，你要是能看到自己那张脸多好。看你这样子我都想笑。”

“你可以在奥尔巴赫买到不错的品牌时装。”泰勒太太说。

“今晚就不说这些了吧，亲爱的。”哈默说。

“你是个受气包，”她接着说，“你是个怕老婆的受气包，这你可别怪我。你这种人总想着有朝一日，会有个身材苗条、教育良好、漂亮、有钱、有激情、有头脑的金发女郎爱上你。上帝啊，这一切我靠想象都能想出来。真是太恶心了。她长头发，长腿，大约二十八岁，离过婚，没孩子。我敢打赌她要么是戏子，要么是夜总会歌手。你的想象力也只有这个水平。除了把自己灌醉，你怎么对付她，笨蛋？一个怕老婆的受气包还能干什么？你带她去看戏？你给她买首饰没有？你常外出旅行吗？我敢打赌你会去旅行。在你看来，这就是天大个事了。到拉斐尔酒店住个十天，早中晚都喝酒，晚上七点钟穿着漂漂亮亮的晚礼服，去一流的酒吧。真是神仙伴侣啊！都是些什么废话。但是我估计你会去法国，好去秀一下你的蹩脚法语。我估计你会让她穿着高跟鞋跟你在巴黎到处跑，让她参观你过去常去的那些地方。我为她感到难过，真的。不过你要明白，笨蛋，你要明白。如果这位金发女郎出现了，你也没有这个胆量跟她上床。你也不过打情骂俏，在储藏室门后亲亲她，末了还是决定不要对我不忠。我是说，如果有个金发女郎出现的话。不过也不会有什么金发女郎出现的。没有这样的金发女郎。你会孤独到老。你是个孤独的男人，孤独的男人很落寞，就好比棍子、石头、擦鞋垫、空杜松子酒瓶……”

“我想我们得走了。”泰勒太太说。

“是的。”菲利普斯夫妇也说，大家都抢着赶向门口。

“晚安。”

“晚安。”

“晚安。”

那天晚上内尔斯躺在床上想着：锤子（哈默）和钉子（内尔斯），意大利面条和肉丸，盐和胡椒，油和醋，罗密欧与朱丽叶，滑轮和滑绳，打雷和闪电，熏肉和鸡蛋，咸牛肉和卷心菜，火腿和奶酪，勒马绳和马衔，鞋子和袜子，鱼线和铅坠，真与假，尖刻和平坦，靴子和马刺，呼吸管和脚蹼，鱼和薯条，白色领带和燕尾，新娘和新郎，狗和猫，糖和奶油，桌子和椅子，笔和墨水，星星和月亮，锁和链，泪水和笑声，妈妈和爸爸，战争与和平，天堂和地狱，善与恶，生与死，爱与死，死亡和税收……他睡着了，做着梦。

他梦见自己在夏季有时候会去的小小乡村教堂。教堂是十字架形状，铺着破旧的绿地毯。里面有刺鼻、压抑的教堂特有的油漆味。他是去参加葬礼，棺材停放在圣坛前，但他不记得是为谁的灵魂在祈祷，他四周看，看有谁不在会众当中。查理·艾斯塔布鲁克？但他和妻子一起在左边。贝利·巴恩斯？贝利和全家一起在教堂右边。亚历克斯·尼兰德？埃迪·克拉普？吉姆·伦道夫？山姆·法拉？戴夫·普尔？里克·罗德？吉姆·斯特西？还是罗杰·克伦威尔？他看到会众一个都不少，这时候他意识到这是自己的葬礼。

第五章

托尼在床上躺到第十七天的时候，天气陡然好转。内尔斯有天早晨醒来时，感觉很好。时间大约是六点钟。太阳还没有升起，但天色迷人。他刮了胡子，冲了个澡，跳到尼莉床那边，把她抱到怀里，感觉她比实际年龄年轻很多。在他们的爱与被爱当中，时间似乎停滞了，他们身上不好的那些品质，例如刻板的一面，仿佛放了一个小时假，好让他们尽情逍遥。他走到窗前，眼前的大地看起来像是天堂。这不是天堂，他知道。草地下面埋着化粪池。杉树上停着一群红雀，它们身上或许有虱子，可那羽毛是那般光彩夺目，歌声是那般清脆嘹亮，无关世上和平、爱情和银行储蓄。这一切让他莫名振奋，他不由伸出双手，似乎要将所有风景、所有鸟儿尽揽入怀中。“啊，我感觉如此美妙，”他说，“也不知道我睡觉时发生了什么事。好像我得到了什么，得到了某种礼物。我觉得一切都会好起来，就跟过去的好日子一样。托尼今天或许明天会起床，回去上学。我就知道一切都会好的。”

内尔斯吃了一顿丰盛的早餐，然后走到托尼房间。夫妇二人和儿子都没有病倒过，所以这病人房更难闻，气味刺鼻而陌生。百叶窗拉上了。托尼睡着了。他穿着内裤睡。肩膀光秃秃的。他的皮肤如得了肝病的颜色。他的头发很乱，像是一个月没剪了。他绝望地抱着枕头。“醒醒吧，托尼，”内尔斯说，“醒醒。这早晨天气多好啊，多好啊。起来看看吧。”他将百叶窗拉起来，灿烂的阳光涌进病房。“你看，托尼，多明朗的天啊。这样的日子谁能躺床上呢？就像个挑战，托尼。你前程大好，一切都好。你会上大学，找到一份有趣的工作，娶妻生子。一切都在你的面前，托尼。到窗口来。”

他拉着儿子的手，把他从床上拉起来，领到窗边，站在那里，一只手搂着他的肩膀。“你看，托尼，一切多么明朗啊。你是不是感觉好一些了？”托尼跪倒在地板上。“明天吧，爸爸，”他抽泣着，“明天再说吧。”

像个山上的孩子一样，内尔斯感觉，构成风景的所有屋顶、树木、河流和街道，无不蕴含着目的和秩序。他对尼莉的爱，早晨的阳光，都有明显的目的，可是儿子犯病，为的是什么，传递的是什么，教训又是什么呢？哀痛总是别人的，悲伤和痛苦也是别人的；一定是出了什么大错。托尼剧烈抽泣着，他开口了，吼叫起来：

“把山还给我。”

“说什么啊，儿子，你说什么呢？”

“把山还给我。”

“什么山，儿子？”内尔斯问道，“你是不是说我们过去爬过的山？白色的山。它们也不是真正的白色，是不是？还记得我们从弗兰科里亚一直爬到克劳福德吗？很有趣的，是不是？你是不是指这些山？”

“我不知道。”托尼说。他回到床上。

“好，我得走了，不然赶不上火车了，”内尔斯说，“晚上见。”

那天早晨，内尔斯在等 7:56 那班车，遇到有人问他儿子的健康问题。大家都说是患了单核细胞增多症。他站在站台上，左右分别是哈利·辛格豪斯和哈默。内尔斯和哈默在看《时报》。辛格豪斯在看《华尔街日报》。那次晚宴之后，内尔斯和哈默见面只是问声早上好，仅此而已。他们有时早上乘坐同一班车，可是晚上回来，内尔斯只在 6:32 那班车上见到过邻居一次。当时哈默睡着了，可能是醉酒或太累了，也可能是又累又醉。他膝上放着一个黑色公文包，人事不省地弓着腰趴在上面，样子绝望、可怜。火车和飞机上睡着的男男女女，身上的那种悲怆感，不知从何而来。他们为什么如此凄凉、落魄而迷失？他们打鼾，他们身体扭曲，他们嘟囔着什么名字，他们似乎都是某种可怕动荡的牺牲品，而事实上，他们不过是要赶回家去吃晚饭，去割草。内尔斯看着他的邻居，见他到了弹园村还没醒来，于是摇了摇他的肩膀，说：“该起来了。”“哦，谢谢你。”哈默说。这是他们唯一的对话。

这个早晨，他们互相点头示意，然后各自读着折起来的报纸。铁道上芝加哥快车晚点了两个小时，以九十英里的时速驶过来。内尔斯抓住帽子，把报纸折好，闭上眼睛，因为快车的那轰鸣，那喧嚣，让他感觉好像被卷入了肮脏的风洞里。快车过去之后，他睁开眼睛，看车风驰电掣地驶向远方，留下一溜快乐的烟雾，如猪摇动着尾巴。他再次看起《时报》来，这时候他注意到哈利·辛格豪斯已经消失了。他转过身，看哈利是不是已经换了处地方，可是他根本不在站台上。回头看铁道，内尔斯发现有只擦得锃亮的褐色皮便鞋躺在焦渣上。"我的天，"他终于开口了，"是那家伙。叫什么名字来着？给吸到车底下去了。"

"嗯。"哈默说，他把报纸放低了点。

"辛格豪斯。人没了。"

"耶稣啊，还真是。"哈默说。

"辛格豪斯，"内尔斯叫道，"他死了。我的意思是说他被轧死了。"

"我们怎么办？"哈默问。

"我叫警察吧，"内尔斯说，"我最好报个警。"

站台尽头有个电话亭，他跑过去，拨通了警察电话。

"这里是巡警谢伊。"一个声音说。

"是这样，"内尔斯说，"我是艾略特·内尔斯。我在火车站。芝加哥快车刚过来，辛格豪斯被卷到车底下了。"

“我没听明白。”巡警说。内尔斯不得不把他的话重复了三遍。7:56 那班车过来了，除了哈默和内尔斯，所有人都上了车。几分钟后，他们听到了警笛声，看到了警灯闪烁。两个警察跑到站台来。“他就站那儿，”内尔斯说，“那是他的皮便鞋。他就站那儿，然后火车来了，他就没了。”

“遗体在哪里？”

“我不知道。”内尔斯说。

“嗯，估计你们两个得跟我一起到警署做笔录。”

“但我们必须去上班，”哈默说，“我有个会。”

“我也是，”内尔斯说，“反正具体什么情况我们也不知道。为什么你们不打电话给乘警呢？”这完全是抓瞎，可这会儿总得有人做点什么，好让场面有所维持，警察似乎也对这建议心存感激。其中一人下去把铁道边的鞋子拿走，然后两人回到警车上。突然间，哈默哭了起来。“好了，”内尔斯说，“好了。没事的。他是你的朋友吗？”

“不，”哈默抽泣着，“我都不认识这可怜的浑蛋。”

“好了，好了。”内尔斯说。他伸出一只手，搂住哈默肩膀。他们本来只是一面之交，经过此次事故，两人关系亲密起来。哈默的抽泣声停住了，可是内尔斯还搂着他肩膀。8:11 班次的乘客，目睹了这对奇特的伴侣。内尔斯和哈默一起坐车到了市区，面对生死的玄秘，两人都惊魂未定。

晚报上登了这则报道。失踪的那人失了业，身后留下妻子和三个孩子。他过去曾经作为共和党竞选镇议会席位，在此之前，他从事广告业。内尔斯想打电话给他的遗孀，但他想不出可以说什么。

第二天早上天暗暗的，下着雨。他睡过头了，错过了直达上班目的地的快车。后来赶上的慢车，在弹园村和中央车站之间停了二十二站。肮脏的车窗和阴云密布的天空，让他情绪低落。他想起了辛格豪斯的皮便鞋。他觉得奇怪。他读着《时报》，可是报上的新闻，除了体育版之外，都像是来自另外一个星球。达拉斯一个公园里，有个疯子用卡宾枪杀了十七个人，包括一位正在遛狗的大主教。人们还在打着那些常见的仗。音乐家工会、飞行员、消防员、马戏表演者和甲板水手都威胁要罢工。白宫秘书否认总统、国务卿和国防部长之间发生斗殴。干旱可能导致小麦歉收。一个不明飞行物出现在俄亥俄州。在新泽西州林顿，一个理发师枪杀了妻子、四个孩子和他的狮子狗，最后自杀。芝加哥持续三天的烟雾让交通大部分瘫痪，大部分企业停业。内尔斯不快乐，他开始去想自己的好运，希望借此振作精神。他因盗窃被起诉没有？没有。他在公园被人杀了没有？没有。他被困在起火的楼里没有？在冰川上失踪了没有？被疯狗咬了没有？都没有。可是他为什么不能振作一些？

这列火车沿途在特里蒙特角、格林埃克斯、拉斯卡勒斯、麦德维尔和克利尔海文停靠。此行似乎让人无法忍受，为什么呢？他过去坐了上千次了。为什么他的家和办公室之间的路途，变得如此磨人？他的呼吸沉重，手心潮湿，腹中有翻腾的感觉。暗暗的雨，似乎直接敲打在他的心上。当火车到达朗布鲁克后，内尔斯突然抓起他的雨衣，逆着上车的人流，挤下了车。火车继续悠悠向前，在早晨八点半，他一个人在这郊外的火车站里。

内尔斯的存在感，在于能够在生活里不同环境、不同节奏之间搭建桥梁，建立连接，而现在，他的一道主要桥梁——在他的白房子和办公室之间——坍塌了。他从雨中走进候车室。他需要的是果敢，可是这样的东西，哪里能找到呢？这不是他呼之即来的，这一点他很清楚。他能在体育馆培养果敢吗？买彩票中果敢吗？通过邮递公司购买果敢吗？还是如天降福音一般白白领受这样的果敢？过十五分钟，还有一班慢车来，乘客开始聚集着准备上车。内尔斯上了车，试图向自己兜售一种冒牌的快乐。他在慢车上坐了两站，然后下来。就这么一站接着一站，前往城里，如同是在体验一场严酷的朝觐。

那天晚饭后，内尔斯倒了一杯高浓度威士忌，走到楼上托尼的房间。他坐在托尼床边的一把椅子上。过去他多少次这样坐着，给他读《金银岛》啊。

“你感觉怎么样，儿子？”

“差不多。”

“你吃了点晚饭没有？”

“吃了。”

“星期天报纸上有篇文章，说你们这一代人觉得这个世界十分堕落。那你觉得这个世界十分堕落吗？”

“不，我不认为它堕落。”

“你不觉得这和你的病有什么关系？”

“我爱这个世界。我只是觉得悲哀，仅此而已。”

“四周看看，值得悲哀的事情是不少，我看到郊区老是有人在街头贩毒，我就很难受。我始终没搞懂为什么。当你上剧院看戏时，他们在郊区贩毒。可是我也不觉得打打高尔夫啊，种种花啊，这些是多坏的事。这儿的生活成本低些，我要是不锻炼一些，我会感觉迷失。人们总把外在体面和道德纯洁联系在一起，这一点我也没搞懂。举个例吧，我穿马甲穿西装，不一定意味着我称得上内心很纯净。没有必然联系的。世上到处都有可耻的事在发生，可是，不能因为发生在一些伺弄花圃的人身上，就认定花圃本身邪恶。再举个例子吧，查理·斯金格去年因邮寄色情信函被控告。他声称自己是个出版商，我估计他的主营业务也就是这些淫秽照片。他住在汉森环路一幢都铎风格的房子里，老婆漂漂亮亮，家里三个孩子，有花圃，家里绿树成荫，养着两条狮子狗。好挑剔的人或许会说：看哪，看哪，看这人伪装得多好，把自己贩卖淫秽、兜售败坏的事实藏得严严实实的，可是这么批评又有什么意义呢？为什么靠贩卖污秽为生的人，就一定得住在污秽的池子里？他是个浑蛋，这是肯定的，可是这浑蛋为什么就不能浇草地，浑蛋为什么就不能跟自己的孩子打打垒球呢？

“关于自由和独立，我们说得很多。要是你来界定我们的国家宗旨，估计都要用到自由和独立这类词。总统成天在谈论自由和独立；陆海军始终为捍卫自由和独立而战斗；星期天去教会，兰塞姆神父也为我们的自由和独立献上感恩祷告。可是你我都清楚，那些黑人，住在河边容易失火的破房子里，哪有什么自由和独立去选择自己做什么事，住什么地方呢？查理·辛普森是个很不错的家伙，但他和菲尔普斯·马斯登，还有这里六七个其他显赫富贵人士，是靠和萨拉查[1]、佛朗哥[2]、联合矿业[3]这些军头做生意赚钱的。说起自由和独立来，他们比谁都能说，可是别的地方出现自由和独立，他们就出钱、出

1 安东尼奥·德奥利维拉·萨拉查（António de Oliveira Salazar，1889—1970），葡萄牙独裁者。

2 弗朗西斯科·佛朗哥·巴阿蒙德（Francisco Franco Bahamonde，1892—1975），西班牙独裁者。

3 联合矿业（Union Minière du Haut Katanga），是20世纪一家影响巨大的比利时矿业公司，原业务主要在刚果，政治色彩浓厚。

武器、出技术人员，千方百计将其消灭。我讨厌说谎，我讨厌虚假，可是这世界上容纳了这么多说谎的人，你的悲哀也不是没有道理。事实上，我自己享受的自由和独立也不够多。我穿什么，吃什么，我的性生活，还有我的大部分想法，都是很受拘束的，可是有时候，我也喜欢有人告诉我该怎样怎样。我也不是任何时候都能分清对错。

“报纸有时也胡来。他们登出士兵在丛林、泥坑死亡的照片，紧接着边上就放着四万美元翡翠戒指或黑貂皮大衣的广告。要是说士兵是为翡翠戒指和黑貂皮大衣而死，肯定很傻气，但死亡士兵和翡翠戒指，就这样并列出现，日复一日。还有同性恋。这些天你会看到很多和同性恋有关的东西，我看了很不舒服。我但愿同性恋根本都不存在。加入药剂师俱乐部之前，我都是去中央车站撒尿，没哪一回遇到这些人不头痛。有一次我上楼，有个家伙跟了过来，挽住我的胳膊。我穿着布鲁克斯的外套，戴着洛克牌帽子，穿着皮尔牌鞋子，这些穿戴，为的就是让人看清我的意图。总之我甩开了他。我也没有揍他。我没有看到他的脸。我从来没有见过他们任何人的脸。我加入药剂师俱乐部，唯一的理由是想在市中心有个撒尿的地方，不至于撒尿撒出一场道德危机来。当然了，我也不是什么药剂师，再说给人灌漱口水这种事也没什么大前途，可是你想想，我们需要的各种东西，总得有人去制造。我的意思是刀片、肥皂、熏肉和鸡蛋、汽油、火车票和鞋子。总得有人制造这些东西。托尼？托尼？”托尼睡着了。

内尔斯喝完了酒，温情地看着神秘的儿子。托尼出生于罗马，当时内尔斯在 FAOU 当药剂师。有一天快傍晚的时候，内尔斯带尼莉去河对面的国际医院生孩子。医生是个大胖子。他测量着尼莉阵痛的时间，要内尔斯十点半回医院来。内尔斯回来的时候，被带到一间诊室采血样。没有任何解释。后来一个朋友出现了，拿了一瓶苏格兰威士忌，一包美国香烟，当时这两样东西都很稀罕。修女们对他们饮酒似乎不大在意，甚至给他们拿来了杯子和冰。内尔斯的朋友一直待到午夜。凌晨三点，医生进来了。他满头大汗，一脸担心的样子。“她危险吗？”内尔斯问。“是的，”医生口气生硬地说，“她有危险。人活着就有危险。为什么美国人总想长生不老？”

“告诉我什么情况。”内尔斯说。

“等一切都结束了我再告诉你，我要她以后不要再怀孩子了。”

街道对面公园里有几只孔雀。太阳出来时它们开始尖叫。内尔斯听起来觉得这像是不祥之兆。医生八点钟过来了。“去散个步吧，”他对内尔斯说，“散散心。呼吸一下新鲜空气。”内尔斯下了坡，走到圣彼得大教堂，做了个祷告。然后他顺着台阶上到屋顶处，那里圣徒和使徒的巨大塑像背对着他。他很喜欢罗马城。现在，这个狼之都[1]似乎充满险恶。罗马会要了尼莉的命。这地方的血腥历史似乎要影响她的生活。罗马将谋杀尼莉。

他步行穿过这个城市，试图通过出一身汗来减轻痛苦。在一条偏僻街道上，他遇到了一个卖阳具和死亡符号纪念品的老人。他走到动物园，在咖啡厅要了一杯堪培利开胃酒。咖啡厅边的笼子里，装着食肉鸟，正在撕扯着一块生肉。离开咖啡厅，他看到一只鬣狗，然后是笼里的狼。回到医院，修女告诉他，他生下了个八磅重的儿子，他妻子也脱离了危险。他放松地吼叫起来，醉醺醺地在候诊室里捶着东西跺着脚。晚上，他看到了尼莉和儿子。托尼那时候看起来很机灵，很急躁，也很结实。很久以后，他们讨论要不要给托尼领养个弟弟或者妹妹，可是这样的弃儿会让托尼的神圣地位遭到侵犯，这是他们不想看到的。

他无从判断自己当父亲当得好不好。他们争吵过。当时托尼九岁。他突然放弃了所有的体育活动，放弃了和朋友交往，坐到电视机前一动不动。争吵的晚上下着雨。内尔斯从厨房门进了屋子。尼莉在做饭。内尔斯亲了亲她的后脖，把她的裙子掀起来，她推开他。“不要，亲爱的，”她说，“这么来，好像

1　罗马的城市标志为狼。相传罗马城的建立者罗慕洛和雷莫是由母狼哺乳养大，他们长大后在母狼喂养地建立罗马城，以“母狼育婴”图案作为城徽。——编者注

我是在表演滑稽短剧。托尼的成绩单在桌子上。你不去看看吗？”内尔斯调了一杯酒，看起成绩单来。上面不是C就是D。内尔斯离开了餐厅，穿过黑暗的过道，走到客厅，看到托尼在看电视。电视是唯一的光源，光变化着，如在海底，加上外面雨声淅沥，整个屋子感觉像是海下的洞穴。

“你有没有作业？”内尔斯问道。

“有一点。”托尼说。

“嗯，你最好把作业做了再看电视。”内尔斯说。电视上有个卡通人物在跳捷格舞。

“等这个节目结束吧，”托尼说，“然后我就去做作业。”

“我想你最好马上去做作业。”内尔斯说。

“但妈妈说我可以看这个节目。”托尼说。

“稀奇，”内尔斯说，“什么时候你看电视开始征求我们同意了？”他知道，跟儿子打交道，说这些挖苦话，只会加深双方的误解，可是他累了，也很执拗。“你从来没有征求过同意。你三点半回家，搬把椅子放电视前，就一直这么看，一直看到吃晚饭。吃完晚饭，你又跑到这该死的机子前坐下来，一直坐到九点钟。你作业都不做，在学校里除了这些刚及格的成绩，你还指望什么？”

“在电视上学到不少东西，”托尼腼腆地说，“我学到不少地理、动物和星星的知识。”

“那你现在在学什么？”内尔斯问道。

卡通人物在拔河。一只大鸟用嘴把绳子断开，所有人物全倒了。

“这不一样，”托尼说，“这不算教育。有的节目是的。”

“哦，别管他，艾略特，别管他。”尼莉在厨房里说。她的声音柔和而清晰。内尔斯走回了厨房。

“但你不觉得，”他问，“三点半到现在就一直盯在电视机前，只有晚饭时候休息一下，这也太过了吗？”

“是不少时间，”尼莉说，“但这现在对他很重要，我想渐渐地他的兴趣会下降的。”

“我知道这对他很重要，”内尔斯说，“我知道。我带他去采购圣诞节东西，他对什么都没有兴趣，就想回到电视机前。他不关心给你给表弟表妹给姑姑姑父这些人买礼物。他只想着回到电视机前。他就像一个瘾君子。我的意思是说，他有那些戒毒者的症状，就好比我到了喝鸡尾酒的时候那样。可是我三十四岁了，另外我也在控制自己抽烟喝酒。”

“他还没到会自我控制的年龄。”尼莉说。

“他不玩滑板，不打球，也不做作业，他连出去散个步都不愿意，唯恐错过了什么节目。”

“我想他会自然而然变过来的。”尼莉说。

“没有瘾能自然断。总得做些努力，或者是请别的人来努力。严重上瘾是无法自然改变的。”

他又穿过变化的如在海底的光，走过黑暗的过道，走出雨声。电视上有个口齿不清的人，身着小丑服，要他的朋友们让妈妈给买一个流线型的、以电池驱动的玩具汽车。他打开一盏灯，看到儿子正聚精会神地看着口齿不清的小丑。

“我跟你妈说过了，”他说，“我们决定规范一下你看电视的时间。”（小丑换成了一头大象和一只老虎，它们在跳华尔兹。）“我觉得一天一小时够了，具体哪一个小时你来定。”

托尼过去也被这么威胁过，但要不就是母亲插手，要不就是内尔斯自己忘了，总之不了了之。这一回，想到放学后那些无比荒芜、痛苦且无聊的时光，他不由哭了起来。

“现在哭也没有用。”内尔斯说。有其他一些动物，加入到大象和老虎的华尔兹中间来。

“省了吧，”托尼说，“这不关你的事。”

“你是我的儿子，”内尔斯说，“保证你把该做的事情做了，这是我的责任。去年夏天请了人专门辅导你，才能升级，如果你的成绩不提高，今年你又要留级。让你顺利升级，怎么不关我的事？都依着你的话，你学都不要上了。你会一起来就把电视打开，一直看到睡觉。”

“哦，拜托了，省省吧，就别烦我了。”托尼说。他关掉电视，走进过道，开始上楼。

“小子，你给我过来，”内尔斯叫道，“你马上给我过来，免得我过去抓住你！”

“哦，请不要这么冲他吼，”尼莉从厨房出来说，“我在做小牛肉卷，味道这么香，看你回来，我开开心心的，现在突然一下子全糟糕起来了。”

“我也感觉良好，”内尔斯说，“但我们面临问题，不能因为小牛肉卷很香，就能回避这样的问题。”

他走到楼梯下，大声喊道：“你过来，小子，你马上给我下来，不然我一个月不给你看电视。听到没有？你马上给我下来，不然一个月不准你看电视。”

孩子慢慢走下楼梯。“你过来，坐下，”内尔斯说，“我们谈谈。我说了，你每天可以看一个小时，你只要告诉我是哪一个小时。”

“我不知道，”托尼说，“我喜欢看四点的节目，六点的，七点的，还有……”

“你的意思是你无法只看一个小时，对不对？”

“我不知道。”托尼说。

“我想你最好去给我弄杯喝的，”尼莉说，“苏格兰威士忌加苏打。”

内尔斯调了一杯酒，然后又回到托尼边上。“好吧，如果你不能决定，”内尔斯说，“我帮你来定。首先，确保你先把作业全做完，然后才能看电视。”

“我三点半才回家，”托尼说道，“有时候校车晚点，我要是做作业，四点的节目就看不了了。”

“这太糟糕了，”内尔斯说，“太糟糕了。”

“哦，随他去吧，”尼莉说，“随他吧。今天晚上够他受的了。”

“我们也不是今天谈这一回了，一年到头，每天晚上我们都说这些，包括星期六，星期天，节假日。既然家里无法达成一致意见，我自己来做决定好了。我来把这该死的玩意从后门扔出去。”

“哦，不要啊，爸爸，不要，”托尼哭了，“不要这么做。拜托，拜托，拜托了。我尽量。我尽量少看些。”

“你都试了几个月也没有成功，”内尔斯说，“你一直在说自己会少看一些，可结果却是越看越多。你的用意可能也不错，可是看不到什么效果啊。丢出去。”

“哦，不要啊，艾略特，”尼莉哭了，“不要。他就爱看电视。你看不出来吗，他就爱看电视。”

“我知道他爱它，”内尔斯说，“所以我才给扔出门啊。我也爱我的杜松子酒和香烟，但这是今天第十四根了，这才是第四杯酒。如果我三点半就坐下来喝酒，一直喝到九点，我会希望有人帮我一把的。”他拔下电视机插头，把机器整个抱起来。机子很重，他几乎无法搬动，另外又大又不好抓，为了好搬，他把腰往后弓了点，像孕妇一样。电线在后面拖着，他走向厨房门。

“哦，爸爸，爸爸，”托尼哭了，“不要，不要，不要啊。”他跪倒在地，双手合起来，做出一个传统的祈求姿势，这也可能是他从电视上某个情节剧上学来的。

“艾略特，艾略特，”尼莉尖叫着，“不要扔，不要扔。你会后悔的，艾略特。你会后悔的。”

托尼跑到母亲那里，她把他抱在怀里。两个人都在哭。

“我也不是出于我本意要这么做，”内尔斯叫道，“毕竟我自己在家时也喜欢看看足球和棒球，再说这该死的玩意是我花钱买的。我扔掉它，也不是我自己心里想这样。可是我不扔实在不行。”

“别看了，别看了。”尼莉跟托尼说，她把他的脸埋进她的裙子。

后门关着，内尔斯把电视机放下，才能把门打开。院子里雨声很大。接着，他费尽力气，把电视机再次抱起，将纱门踢开，将电视机扔到黑暗之中。电视机落在水泥车道上，破碎声音响亮，是那种玻璃质感的声音，如同汽车撞车时发出的那样。尼莉带着托尼上了楼，到她的房间，她倒在床上，呜咽着。托尼也在哭。内尔斯把厨房门关上，把雨声挡在门外，又给自己倒了一杯酒。第五杯，他说。

这一切发生在八年前。

第六章

托尼想进球队打橄榄球，高三那年进入了第二队。他从来都不是一个好学生，成绩多半是C，他的法语成绩差到几乎不值得记录。一天下午，他正要参加球队训练，通话器突然通知他去找校长。他不怕校长，不过想到要错过训练，还是很烦。他走到校长办公室外，秘书请他坐下。

“可是我要迟到了，”托尼说，“我训练要迟到了。”

“他很忙。”秘书说。

“我能不能换个时间过来？明天行不行？”

“你明天训练还不是一样要迟到。”

“我上课的时候来找他行不行？”

“不行。”

托尼瞥了眼办公室。这地方陈列着各样顽固而冷冰冰的学术成果，可给托尼一种不安的不真实感。一个装着体育奖杯的柜子靠着一面墙，这大概是学校唯一光彩的地方了。他很快被请到校长办公室，校长让他坐下。

“你的初阶法语已经不及格两次了，托尼，”校长说，“而且看起来你还要不及格。你父母指望你上大学，可是你也要知道你得修一个现代语言的学分。你的智商非常高，何衣小姐和我本人都不明白你怎么会不及格。”

“我就是说不了法语，先生，”托尼说，“我就是说不了法语。我父亲也不会。我就是说不了法语。法语听起来很假。”

校长打开了通话器，对着里面说：“何衣小姐，你现在能不能见见托尼了？”她回答说可以，声音明亮而清晰。“当然可以。”“你现在去见何衣小姐。”校长说。

“能不能明天放学后去啊，校长？我的橄榄球训练要耽误掉了。”

“我估计何衣小姐和你的谈话也包括这个。她在等着。”

何衣小姐等待他的那间教室，光线明亮，色彩纯净，可是他的情绪毫无好转。球场马上就要黑了，他已经错过了传球和扑搂训练。何衣小姐坐在一幅大型海报前，海报上画的是卡尔卡松的城墙。它是教室里唯一一处比较传统的地方。天花板上日光灯光线明亮，教室如同一个透亮的洞穴，在渐至晦暗的秋日黄昏烘托之下，这地方气势夺人。教室灯光的电源来自另外一个郡，在比较远的北边，现在那边都下雪了。教室里摆放的是颜色明快的塑料桌椅。地板是烯基树脂材料，上了蜡。

“坐下，托尼，”她说，“请坐。我们得谈谈了。”

她本来还很漂亮——身材瘦小、苗条——可是皮肤蜡黄，在明亮的灯光下，还能看到她腮上有些胡须。她的腰很细，她似乎对此很得意。腰部总是系着腰带、束带、链子，或者丝带。她的褐色头发上，有时候会束着少女的那种丝带。虽然历经法语元音的操练，她的嘴还是很小。她没有抹香水，一天下来，身上隐隐发出了些体臭。

当然，她是一个人住。不过为其隐私考虑，我们就不去追究她是不是处女这些医学事实了，我们也不去一一列举她那单间公寓里的家具和纪念品了。作为一个孤独无助的未婚女人，她难免有她这种人特有的焦虑。她的公寓门上有四把锁，手袋里放着小氨水瓶子，要是有人胆敢进犯，这氨水就会喷向他的眼睛。她从某个地方看到过，焦虑是性罪恶感的表现。这不难理解，她自己也能看出，她这么孑然一身，这么守身如玉，想不感到罪恶，不压抑都难。然而，她又感觉，负罪的重担一来是她自己的命，二来也要怪罪晚报新闻。现在性暴力的增加，可不是她的罪恶感造成的。她开始觉得一些变态狂魔正在酝酿一些阴谋。每周，有时候每一天，都有像她这样的妇女行为放荡，而后遭到残害，被人勒死。独自一人在黑暗中，她总是害怕。由于她经常梦见自己在阴沟里，被某个暴徒狂干，她不能光顾着害怕，也得有罪恶感才对头。

“你什么时候出生的，托尼？”她问。

“五月二十七日。”

“哦，我知道了，”她说，“我就知道。你果然是双子座。”

“双子座是什么东西？”

“双子座是你出生的星座。双子座决定了你的很多个性特点，甚至可以说决定了你的命运；不过双子座男性通常语言能力强。你是双子座，说明你可以完成功课，完成得很出色。你总不能对你的星座有什么异议吧？”

他的目光绕开她，看着窗外的球场。天上仍有足够的光线，树上仍有足够的色彩，和这明亮的洞穴有得一拼。不过再过十分钟，窗户上就什么也看不到了，除了他自己和何衣小姐的影子。他对星座一无所知，他把星座看成傻瓜们的避难所。他觉得，她可能看过自己的星相（事实上还真被他说对了），她的命运就是不被人爱，不结婚，没有孩子，终身孤独。她叹了口气，他突然意识到了她的呼吸，那淡淡的咝咝声，还有她小小的胸部在一起一伏。这有点亲密，都有些性意味了，好像他们两人抱在了一起一样。他突然把椅子往后挪开，椅子腿在地板上刮出声音来。这噪声让他回过神来。

“这事我跟诺思拉普先生谈过了，托尼，我们定下来了。鉴于你不能有效管理自己的时间，我们决定帮你一下。我们请你放弃橄榄球。”

这种结局不公得让人震惊，他完全没有预想到。他不会哭，不过明显感觉到泪道里不舒服。她都不知道自己在说什么。这可怜的女人对橄榄球的了解，还不如他对法语的了解多。他热爱橄榄球，热爱球场上的调遣，热爱草坪的修剪，热爱打球的疲惫，甚至热爱球本身——它的形状、颜色和气味，还有它对着他胳膊肘和胸口的角度盘旋着飞过来的过程。他热爱一年中的比赛季节，热爱坐着大巴去其他学校打比赛的经历，热爱坐在凳子上的感觉。在他人生这个时节，橄榄球比任何东西都顺理成章，他们怎么能把这么顺理成章的东西从他身上拿走，让法语动词来填补其空缺呢？

“你不知道你在说什么，何衣小姐。”

“恐怕我知道，托尼。我不仅跟诺思拉普先生谈过了，我也跟教练谈过了。”

“跟教练谈过？”

“是的，跟教练谈了。教练认为，你多花时间去学习，对你本人，对学校，甚至对我们的橄榄球队可能都更好些。”

“这话是教练说的？”

“教练说，你热情是有，不过他不觉得你无法取代。他觉得你可能在浪费时间。”

他站了起来。“你知道吗，何衣小姐？”他问。

“什么，托尼，”她问，“什么啊，亲爱的？”

“你知道吗，我都想杀了你，”他说，“我都想杀了你。我都想掐死你。”

她站起来，把椅子砸向卡尔卡松的城墙画，而且尖叫起来，听到这尖叫声，拉丁语老师格雷厄姆先生和科学老师克拉克先生跑了过来。她站在办公桌前，手伸出来，指着托尼。

“他想杀我，”她尖叫起来，“他威胁要杀死我。”

“没事的，没事，米尔德里德，”格雷厄姆先生说，“没事，没事。”

“我要找个警察来。”她尖叫着。“打电话叫警察。”克拉克先生通过通话器呼叫校办公室，要秘书去打电话报警。克拉克先生把何衣小姐的椅子扶起来，她坐了下去，浑身颤抖，呼吸沉重，态度严肃，好像她要责骂一整班不听话的孩子。托尼只是盯着他的手。接着，他们听到警笛声从远处传来，那声音听起来激昂而悲愤，不像来自秋日黄昏，而像是出自一个他们在其间演出、交锋的电视剧，他们所演的，不过是关于糟糕的法语成绩和被小题大做的威胁而已。托尼就好比是何衣小姐失散多年的兄弟，刚刚旅行回来，带来消息说他们美丽的母亲是一个广为人知的间谍。科学老师就好比是何衣小姐的丈夫，一个十分落魄的人，生意失败，又常常酗酒，害得何衣小姐几近崩溃。总之，警笛声响起来的那一瞬间，他们的剧中困境似乎暂停下来，在插播一段止痛药或洗涤剂之类的广告，直到警察进来询问：“怎么了，发生了什么事情？”他们猜测是有破坏行为，他们通常接到的报案都是关于破坏，不过时机不大对头。为什么孩子们喜欢把课桌的盖子掀掉，为什么他们喜欢砸破窗户？何衣小姐抬起头。她可怜的脸上闪着泪花，看上去很是丑陋。“他想杀我，”她说，“他想杀了我。”

“没事的，米尔德里德，”克拉克先生说，“好了，米尔德里德。”

“难道我一点保障都得不到吗，”她生气地叫道，“你们都打算这么站在四周，保护这个凶手，直到有天晚上，有人发现我脖子断了？你们怎么知道他没有带刀子！有没有人搜查过他！难道问都不问一下？”

“你带刀子没有，小伙子？”一个警察问。

“没有。”托尼说。

“你是不是要杀死这位女士？”

“没有，先生。”托尼说。

“你试图杀死这位女士吗？”

“没有，先生。我就是对她生气，说我都想杀了她，可是我连碰她一下都没有。我都不想碰她一下。”

“这事我想总得处理一下，”何衣小姐说，“我有权得到一些保护。”

“女士，你想提起控告吗？暴力伤人罪，我估计。”

“我会的。”何衣小姐说。

“好吧。我带他到警局去做笔录。来吧，小伙子。”

走廊里这时候挤满了老师、秘书和校工，没有人知道发生了什么，所有的人都互相在问发生什么事了。托尼和警察走到走廊的尽头，都要转出视线了，突然何衣小姐叫起来：“警官，警官。”声音很惊恐，他们迅速转过身来。

“你们能送我回家吗，捎我一程行不行？”

“你住在哪里？”

“华威花园。”

“当然可以。”

“我马上过来。”

她拿好她的外套，关掉灯，锁上教室门。她很快来到了大厅，穿过人群，到了他们等候的地方。她坐进车后座，托尼坐在前面，在两个警察中间。“你们真好，能送我回去。”何衣小姐说，“我真的感谢，我很怕黑。我中午去餐厅吃中饭的时候，首先想到的就是，再过四个钟头天就黑了。我巴不得天永远不黑，永远。我估计你们知道，上个月有位女士在枫树街被人虐待，扼死。她跟我年龄、名字都一样。我们星座也一样，凶手一直没有找到……”

一个警察把她送到华威花园的家门口，然后开车去镇上的警察局。托尼解释说，他的母亲在城里，但他父亲通常都乘6:32的车回来。“嗯，法官八点甚至更迟才到，”一个警察说，“法官不在，我们也没法做笔录，不过我看你也不是多凶险的人，这样吧，等你父亲一回来，我就让他来看管你。那位女士似乎有点歇斯底里……”

当然，这是托尼第一次到警察局。警察局房子很新，说不上简陋，不过说单调那是肯定的。日光灯管发出的光直指灵魂，充满颗粒感，充满质询的意味。一个非常严厉而且不自然的声音从无线电中传出来。“五英尺八英寸，”那声音说，“蓝眼睛。牙齿不齐。右侧下颚有疤痕。脖子后面有胎记。重量一百六十磅。因杀人被通缉……”他们记下了托尼的名字和地址，并请他坐下。这个地方唯一的其他平民是一个衣衫褴褛的人，脖子上围着一条有污迹的白丝巾。他的衣服油腻、破旧，他的手黑乎乎的。那白色的丝巾，似是在宣示他的自尊。“我得在这儿待多久？”他问办公桌后的副警长。

“等法官来了再说。”

“我犯了什么错？”

“流浪。”

“我在二十七街搭了顺风车，”流浪汉说，“我让那家伙把车停下来，好去小便，可是我一下车，他就开跑了。咋会干这种事？”副警长咳了起来。“嗯，你这么咳，估计活不久了，”流浪汉说，“你这么咳，估计活不久了。哈。哈。这是一个医生二十八年前跟我说的，你知道现在医生在哪儿吗？地下六英尺处。正帮雏菊往上长呢。他一年后就死了。保持年轻的奥秘，是看儿童读物。你看写给小孩的书，你就能保持年轻。你看小说啊，哲学啊，这些玩意，你就会感觉苍老的。你在这河里钓鱼吗？”

“有时候。”副警长说，声音尽量客观。这个流浪汉让他闻着刺鼻，看着扎眼，想着闹心，这倒不是因为流浪汉怪得肆无忌惮，而是因为他听这样的故事不知多少回了。这伙路边流浪汉都一个样，他们的千篇一律，和那帮每天乘坐 6:32 那班车回家的生意人比都相形见绌。他们说起来都一套一套的，旅行啊，饮食习惯啊，想当年多风光啊这些。他们对谈话开篇也颇有研究。他们通常还穿戴一些原本质地良好但是被弄污的服饰，如那白色丝巾。

“嗯，但愿你不要吃鱼，”流浪汉说，“这河道就跟敞开的厕所一个样。纽约所有的粪便每天两次跟着潮汐流到河里来。你不会吃厕所里养的鱼吧？你会吗？”

然后他转向托尼，问道：“小伙子，你来这里是因为什么啊？”

“不要告诉他，”副警长说，“这儿不是他来问话的地方。”

“好了，我友好一点不行吗？”流浪汉问道，“也许，我们聊一聊，能发现一些共同兴趣。比如我过去研究过切诺基印第安人的习俗和历史，有很多人感兴趣呢。我有一回在俄克拉何马的印第安保留地里住了三个月。我穿他们的衣服，观察他们的习俗，吃他们的食物。他们吃狗，你知道的。狗是他们最喜欢的食物。他们主要是煮着吃，但有时候也烤。他们……”

“闭嘴。”副警长说。

六点四十五分的时候，他们打电话给内尔斯，内尔斯接听了电话，说他马上就来。当他大步走进警局，看到自己的儿子时，首先的冲动是拥抱这孩子，可是他克制住了自己。“你可以带他回家，”副警长说，“我觉得没什么大不了。具体经过他会告诉你。报案人似乎有点歇斯底里。”

开车回家路上，托尼告诉父亲发生了什么事。至于那疯狂的一个小时，内尔斯作为父亲也提供不出什么参谋、建议、谴责、经验或其他父亲该提供的东西。他明白儿子对于被赶出球队的深深挫折感。儿子对何衣小姐的那种恶言恶语的威胁，换了他，他也会有。他们开车的时候，一阵清风吹过来，缤纷的落叶——黄色居多——在他们的车灯灯光里卷过去，他说：“我喜欢看着落叶飘过灯光。我也不知道为什么。我的意思是它们反正是枯叶了，毫无用处，可是我喜欢看它们被风吹着，在灯光里飘过。”

第七章

那是一个秋日的下午。星期六。

屋子下面，靠近一片枯死的榆树林之地，有一片沼泽。每年春天，都有一群红翅黑鹂在此做窝。根据这个物种的规律，秋天它们应该向南迁徙，可是附近喂鸟设施暴增，鸟食取之不尽，迁徙本能被严重干扰，困惑之下，它们秋冬都在弹园栖居了。它们的歌声——两声升调，加一声颤声，如同蝉鸣——过去总是和初夏的长夜联系在一起，现在，不仅秋天晚上，就连下雪天都能听见了。在一年和煦天气终了的日子里，听到它们这种本属夏日的歌声，就好比是歌剧中乐曲的反复——女主角被判了死刑，在黑暗的监牢[1]里，再次听到第二幕开始那轻快活泼的爱情音乐。那天刮着偏西风。午饭之后，能听到橄榄球场传来低音鼓咚咚咚的鼓声。这是乐队正在为主场比赛暖场。

托尼被赶出球队后，自然也没有把多出来的时间用来学不规则动词。相反，他开始读诗歌。诗人们被迫成为旁观者的神秘而痛苦的经历，他似乎有所共鸣。他以前从来没有读过诗。内尔斯倒也不鲁钝到去抗议，但是他感到不安。要他说，诗歌

---

1 此处所指歌剧应为威尔第的《游唱诗人》。

是最崇高的艺术之一，可是他始终不能释怀的一个信念，是诗歌的领地仅属于相貌一般的妇女以及病态而敏感的男性。

那天下午，托尼听到低音鼓，就上了楼，躺到床上。内尔斯担心他，向楼上喊道："托尼，哎，托尼，我们一起做点什么吧，好不好？去兜兜风什么的。"

"不用了，谢谢你，爸爸，"托尼说，"我想做的，是去纽约一趟，如果你不介意的话。我想看看电影或者是看篮球比赛。"

"可以的，"内尔斯说，"我开车送你去火车站。"

次日凌晨三点，内尔斯醒来了。他下了床，穿过过道，向托尼房间走去。他有种苍老之感，好像趁他睡觉时，他放弃了一个强健男人的梦想——那些雪山和美女——而换来了一个找不着假牙的八旬老者的焦虑。他感到身体虚弱，枯萎，如同是自己的影子。托尼的床空着。"哦，我的上帝，"他大声说，"哦，我的上帝。"他唯一的、亲爱的儿子被盗贼、变态狂、妓女、杀人犯和吸毒者给拐走了。事实上，他最害怕的倒不是儿子可能要遇到哪些不可名状的痛苦，而是他内尔斯将要恐惧地看到自己所爱的世界——他的王国——遭遇毁灭，却束手无策。没有儿子，他活不下去。他害怕自己的死亡。

他又回到过道，关上了尼莉睡觉的房门，下楼给纽约失踪人员管理局打电话。没人回答。接着，他又打电话给中心警察局，但他们也没有找到叫“托尼”的人的记录。他留了电话号码给他们，要他们一有消息就打电话过来。他喝了半杯威士忌，然后在客厅里转来转去，嘴里念叨：“哦，上帝，哦，上帝，哦，上帝。”然后他上楼，吃了一片戊巴比妥，钻进被窝，几分钟后失去了知觉。

内尔斯七点半醒来，又回到托尼的房间，里面还是空的。然后，他叫醒尼莉，告诉她儿子不见了。他又打了个电话给失踪人员管理局，仍然没有人接。他打电话给警察局，他们也没有消息。从纽约来的下一班车是8:10那趟，因为完全没有别的情况，他只能将自己交托于一丝似是而非但又一心一意的希望。托尼一定是在这班车上。他觉得，如果他的希望够强烈的话，儿子就会出现。他开车到了车站，火车进站时，托尼出现了，周围是那些星期天早晨旅行的男男女女，所有人都拿着纸袋子。内尔斯拥抱着他的儿子，拥抱得他骨头都要裂了，他问：“哦，我的上帝，为什么不打个电话，为什么不告诉我们。”

“太晚了，爸爸。我不想把你吵醒。”

“发生什么事了？”

“嗯，我是为橄榄球的事情闷闷不乐，我想我去买本诗集吧，于是我去了一趟书店，遇到一个很和善的太太，哈伯德太太，我们聊了一会儿天，接着我问她要不要跟我一起吃晚饭，她说不如去她的公寓，公寓她用的是 flat[1] 一词，她给我做饭，于是我就去了。”

“你一晚上都跟她在一起？”

“是啊。”

内尔斯知道儿子已经是个成熟的男性，做一个成熟男性该做的事，他也没有理由抗议。可是什么女子会去书店，找个年轻小伙子匆忙带回家上床？

“她是妓女吗？”

“哦，不是的，爸爸，她很不错。她是个寡妇。她毕业于史密斯学院。丈夫在战争中死了。”

内尔斯对此很不感冒。她把丈夫献给了国家，所以，他内尔斯就得把儿子献给她。他总觉得战争寡妇应该早早再婚，而不是到处卖弄自己的失落，到处渲染战争的不公。如果她漂亮，聪明，纯洁，为什么没有再婚？

“嗯，这事不能跟你妈讲。她会气死的。我们得编些故事。你去看篮球比赛了，比赛加时，你后来去卡莱奇曼家过了夜。”

“可是我请她来吃午饭了。”

“谁？”

“哈伯德太太啊。”

---

1 前一个公寓为 apartment，哈伯德太太用 flat，都有公寓之意。——编者注

“哦，我的天，”内尔斯说，“你干什么这样？”

“嗯，她很孤独，好像也没几个朋友，你总说让我请朋友到我们家来的。”

“也罢，”内尔斯说，“要不我们这么说：你走进一家书店，遇到了一个孤独的战争寡妇，你请她到我们家吃中饭。接着，你们一起去什么地方吃了晚饭，然后你去看篮球赛，晚上到卡莱奇曼家过夜了。好不好？”

“我尽量吧。”

“你他妈最好尽量。”

尼莉温柔地拥抱着儿子。托尼说他邀请了一个寡妇到家里吃午饭，内尔斯解释说，昨晚托尼去卡莱奇曼家过的夜。儿子可能会遮掩一下，可是内尔斯知道，让他完全说谎他做不到。

“卡莱奇曼他们怎样？”尼莉问，“我好久没见到他们了。他们的客房不错吧？他们从前老是叫我们去住住，但我总是喜欢回家。我想我们得给他们送点东西。你觉得我们该给他们送鲜花吗？我可以给他们写封感谢信。”

“哦，不用了，”内尔斯说，“我给他们送点东西吧。”

早餐后，内尔斯问托尼，他想不想去锯锯木头，但儿子说他想做作业。作业这个词让内尔斯深受触动。它似乎意味着纯真、青春、纯洁、单纯，所有这一切，都在一个淫荡的战争寡妇床上丢了。他感到难过。他一直砍木头，一直砍到去洗澡的时候，然后他穿好衣服，调了一杯酒。尼莉在烹饪一条羊腿，那谦卑、单纯的气味弥漫在厨房里。他看着尼莉，想寻找一丝疑心、反省或是担忧的痕迹。可是她看起来毫无警觉，样子无辜得不行，他不由心动，去炉子边亲了她一下。然后，他走到客厅窗口，等待着。

托尼把车停在车道上，给哈伯德太太开了门，哈伯德太太在大笑着。她穿着一件灰色的切斯特菲尔德大衣，大衣上是天鹅绒衣领。她手里拿着雨伞，划着很大弧形，像拐杖似的在地上敲着。她的右手臂和托尼的勾在一起，看起来像是被托尼和雨伞一起推着往前走。她比托尼矮，带着一种调情的表情抬头看着托尼，这让内尔斯愤怒不已。她没有戴帽子，头发是一种说不出来的红色，显然是染的。内尔斯扫了一眼，就判定她三十岁。她的鞋跟很高，这使得她小腿鼓出来一点。她的脸圆圆的，脸色潮红。内尔斯纳闷：消化不良？还是饮酒使然？他打开门，礼貌地欢迎她，她说：

“你这么怜惜一个可怜的寡妇，真是神仙心肠啊。”

“我们很高兴你来。”内尔斯说。托尼帮她把大衣拿走。

“你好！”尼莉说，“欢迎进来。”她在客厅里，靠过道右边，壁炉里生了火。把自己的房子、桌子展示给一个孤独的人看让她很开心。她的喜悦溢于言表。

“多美妙的房子啊。”哈伯德太太说，她的眼睛一直盯着地毯。内尔斯猜到她需要杯子。“我能不能给你来一杯曼哈顿，”内尔斯问道，“星期天我们一般喝曼哈顿。”

“任何饮料都很美妙。”哈伯德太太说。内尔斯走向储藏间。托尼问他能否帮忙，内尔斯心里想，把这女子赶出去，就是最大的帮忙，可是他什么也没说。

“你是不是觉得坐火车无聊啊？”尼莉问。

“倒不至于，”哈伯德太太说，“我很走运，遇到一个很有趣的旅伴，是个年轻小伙子，他好像在这边有地产生意。我记不住他的名字了。我想是意大利名字。我从来没有看过那么乌黑的眼睛……嗯，”她说起了桌子上放着的一本小说，“奥哈拉。”

“我只是随便翻翻，”尼莉说，“我的意思是说，你要是了解他笔下这些人物的话，你会发现他的心灵有多么扭曲了。我们大部分人婚姻幸福，生活简单。我更喜欢加缪的作品。”尼莉把“加缪”说成了“加穆”。“我们有一个非常活跃的读书俱乐部，目前我们在看加缪的作品。”

“你在看加缪哪本书？”

“哦，我不是所有书名都记得，”尼莉说，“我们正研究加缪的所有作品。”

哈伯德太太还算宽厚，没继续追问。托尼拿来了一个烟灰缸，内尔斯打量着心爱的儿子和这个烟灰缸。他对待她的方式充满男子气概和绅士风度。他一直没有触摸她，不过看她的目光很私密，很亲昵。看来他很满意。内尔斯不明白，怎么这女人败坏了一个年轻人，竟有胆子来面对他的父母。难道一点都不顾道德？难道她认为他们一点都不讲道德？但看着儿子那种驾驭一切的风度，他最强烈、最奇怪的感觉，是自己就好比在古代传说里戴着冠冕、住在圆形塔楼里的人，即将被推翻。那下贱的王子，那篡位的人，即将夺取王位。在内尔斯的想象里，他在性方面是权威的。这权威始于他的婚床，流经家里所有房间，所有过道，可现在这权威遭到挑战了。一个情欲的王国里，似乎容不下两个男人。他并不特别有竞争感，而有一种宿命感。他想带尼莉上楼，如同一只老公鸡一样，他想证明权杖还在自己手里，年轻的王子还在忙着找金苹果，忙着其他无谓琐事。

“你丈夫是怎么去世的，哈伯德太太？”尼莉问。

“我真没法说，”哈伯德太太说，“他们并没有提供很多细节。他们只是宣布他在行动中阵亡了，说我可以享有抚恤金。哦，多美妙的老狗啊，”泰西走进房间来，她惊呼起来，“我最喜欢赛特猎犬了。我爸过去给这种狗配种，让它们去展览。”

“在哪里啊？”内尔斯问道。

“在岛上，”哈伯德太太说，“我们在岛上有处很大的地方，直到爸爸后来一文不名，我可以说他把一切都给丢了。”

“他在哪里展览狗啊？”

“多半是在岛上。他在纽约展览了一条狗——埃尔沙伊·拉西——可是他不喜欢纽约的展览。”

“我们进去吃午饭吧。”尼莉说。

“我能不能借个方便？”哈伯德太太问。

“什么？”尼莉问。

“厕所。”哈伯德太太说。

“哦，当然，”尼莉说，“对不起。”

内尔斯把肉切了，席间并无任何值得一提的话，直到饭吃到一半时哈伯德太太恭维起尼莉做的烤肉来。“星期天能烤这样的大块肉吃真不错，”她说，“我的公寓很小，我能耐也有限，从来都没学会怎么烤肉。可怜的托尼昨晚只能凑合着吃一个汉堡包。”

“在哪里吃的啊？”尼莉问。

“艾玛昨晚给我做饭了。”托尼说。

“这么说，你并没有在卡莱奇曼家借宿？”

“没有，妈妈。”托尼说。

尼莉全明白了，就好像目睹了一样。她要不要冲陌生来客发火，责怪她败坏了自己的儿子？婊子。贱人。妓女。堕落。她要不要哭着离开桌子？当时只有托尼看着他妈妈，他也怕妈妈真的爆发。真要这样那怎么办？他会跟着她上楼，叫着：

"妈妈，妈妈，妈妈。"内尔斯会打电话叫出租车，把肮脏的哈伯德太太送走。尼莉的午餐吃了一半，她点燃一根烟，说："我们来玩'我收拾了奶奶的箱子'[1]吧。以前托尼小，情况还不大好的时候，我们常玩这个。"

"好啊好啊。"哈伯德太太说。

"我收拾了奶奶的箱子，"尼莉说，"我在里面放了架三角钢琴。"

"我收拾了奶奶的箱子，"内尔斯说，"我在里面放了架三角钢琴和一个烟灰缸。"

"我收拾了奶奶的箱子，"哈伯德太太说，"我在里面放了架三角钢琴，一个烟灰缸，还有一本狄兰·托马斯的诗集。"

"我收拾了奶奶的箱子，"托尼说，"我在里面放了架三角钢琴，一个烟灰缸，一本狄兰·托马斯的诗集，还有一个橄榄球。"

"我收拾了奶奶的箱子，"尼莉说，"我在里面放了架三角钢琴，一个烟灰缸，一本狄兰·托马斯的诗集，一个橄榄球，还有一条手帕。"

"我收拾了奶奶的箱子，"内尔斯说，"我在里面放了架三角钢琴，一个烟灰缸，一本狄兰·托马斯的诗集，一个橄榄

1　一种单词游戏。

球，一条手帕，还有一个棒球棒。”

他们吃完了午饭。结束后，哈伯德太太请求送她去车站。她谢了内尔斯和尼莉，披上她的切斯特菲尔德大衣，走出门去，然后返回说：“很抱歉，我差点把伞忘了。”然后她就走了。

尼莉哭了。内尔斯拥抱着她，说：“亲爱的，亲爱的，亲爱的，亲爱的。”她上了楼，托尼回来的时候，内尔斯说，他母亲正在休息。“看在上帝分上，”内尔斯说，“再也别干这种事情了。”

“不会了，爸爸。”托尼说。

第八章

托尼患上内尔斯所称的单核细胞增多症之前的那天晚上，内尔斯和尼莉去瑞德利家参加了一次晚宴。

瑞德利夫妇进入神圣婚姻殿堂时，带着明确的商业色彩，仿佛双方结婚、怀孕、生养和教育，都是在生产和经销某种有用的产品，并和别的产商在竞争。他们不自称乔治·瑞德利和海伦·瑞德利。他们是“瑞德利夫妇”。给人的感觉，是他俩一定合伙成立了什么股份公司，还在柜台售卖他们命运的股份。“瑞德利夫妇”字样写在其旅行车门上。他们门口车道最下面也有一处标记，写着“瑞德利夫妇”。他们家的纸板火柴、杯垫、餐巾，都打上“瑞德利夫妇”字样。他们把自己漂亮的孩子展示给客人看，那样子就像销售员在展示厅给人介绍某款新车的优点。平常婚姻中常有的私欲、悲伤、自得，以及鸡毛蒜皮的操心，似乎都未曾影响他们这个组织的效率。人们都可能觉得，他们一定有分公司，还有一帮销售人员在外为其推销。他们在酒方面很吝啬，回到家，内尔斯给尼莉和自己各调了一杯睡前酒。

内尔斯戴上眼镜来衡量威士忌的量。他的眼镜偶尔闪出两道光来。在尼莉看来，他那天晚上在量冰和苏打水的时候，有些吹毛求疵。她还注意到，他嘴边有很大一块唇印。一定是在储藏室门后跟人亲吻了，但这无伤大雅，她也不特别担心，可是这猩红让他模样滑稽。在生儿育女方面，她觉得他已经过期作废了，可是性欲之痒不见消退，都会当着她的面抓这痒。她在想，这个年过四十而性感不减的男子，该不会还没有过期作废吧？他眼下没人要的生殖力，要是派上用场，生下一城的孩子都说不定。后来，当内尔斯踉踉跄跄跑到尼莉床那一侧时，她倒是没有踢开，但明确让他知道他不受欢迎。

内尔斯看不起怕女人的同类。他从小和一个有此顽症的人一起长大。这人名叫哈利·派尔。这老兄怕女人怕了一辈子。这种惧怕的源头是他母亲——一个大个子、大胸、大大咧咧的女人，在家一贯颐指气使，自相矛盾也在所不惜，硬是打垮了丈夫的意志。对儿子，她动不动拿一根带刺的拐棍揍上一顿。派尔八九岁时，爱上了一个叫珍妮特·福布斯的女孩。她聪明，灵敏，但有时候显得盛气凌人。她的肩膀宽宽的，声音对一个姑娘来说有些粗哑。女孩的叔叔威尔伯特·福布斯在阿拉斯加发现了一座山，山后来以他的姓命名。哈利的心上人和山重姓，这意味着白雪皑皑，高大雄伟，难以企及，这让他又高兴又害怕。上学期间，他爱上的尽是些独立自主而又桀骜不驯的女人。他最先讨的老婆，是个活泼漂亮的姑娘，跟他生了三个女儿，末了却跟一个意大利侍者跑了。这让派尔的恐惧愈加深厚。他的第二任老婆异常矜持、贤淑、腼腆，他似乎战胜了先前的恐惧，但她后来露出了酗酒的恶习，这让他又有了新的焦虑。同时，他第一次婚姻中的三个女儿都成长为喜欢争吵、争强好胜的姑娘。有一次他想纠正大女儿说的话，结果这个大女儿抄起一盏瓷台灯，从他头顶上飞过去，砸了个稀巴烂。碎片还是派尔打扫的，他最终也只能怏怏告退。派尔害怕他的秘书，他的前台，也害怕人行道上向他走来的陌生女子。三十多岁时，派尔害了一场病。内尔斯去医院看望他时，发现他害怕护士，甚至害怕那些过来卖香烟和报纸的和善而慈爱的义工。派尔的病情迅速恶化。内尔斯最后一次见到他时，他憔悴得不行，几乎都不能说话了。内尔斯问他有什么需要，他摇了摇头。内尔斯问他有没有什么朋友要见，他只是叹息了一声。最后，他终于开口了，声音沙哑而低沉。“你认为上帝会是一个女人吗？”他问。这是他临终的遗言之一，甚至可能就是最终遗言，因为他当天晚上死了。

内尔斯不怕尼莉，可是他也没再烦她。他带着沮丧、不平和愤慨的心情，走进客房，睡在了那里。

如果你在火车、飞机、巴士或船上遇到内尔斯，问他的职业，他会说自己是化学师。再细问，他会说他在萨福龙化工集团工作，此外你就掏不出别的话来了。他在大学曾主修化学，但他没有读研究生，他的化学知识也过时了。他在特拉华州为孟山都工作了五年，然后在罗马给联合国粮农组织工作了三年，从事化肥分析。回美国后，萨福龙聘用了他。萨福龙在威斯菲尔德有个小实验室，实际上是一个生产工厂，生产莫佩德牌拖把，都铎牌家具抛光剂，还有斯邦牌漱口水。内尔斯主要负责促销斯邦牌漱口水，不过他对这门营生肯定是有些不爽。它似乎干犯了他的尊严。在这件事上他经常自我拷问。如果他制造的是床垫、脱毛剂、花玻璃窗或马桶座，会不会更有尊严一些？不会。在斯邦的电视广告中，拳击台上的选手互相嫌弃对方口臭。年轻恋人、朋友、夫妻之间都存在口臭问题。他告诉自己，在某种程度上，所有这些都是对的。和肥胖、忧郁一样，口臭也是人类的毛病之一，他的任务就是要去救治。性和谐是健康婚姻的基石，而口臭则可能导致离婚、赡养费和争夺抚养权官司。口臭可能会伤及人的自尊、姿态和仪表。他怀疑自己就是受害者之一，他有时候会冲着衬衫咕咕哝哝地讲话，想把口气往下吹到衬衫上去。口臭不分阶层等级。内尔斯曾在报纸上看到，罗素勋爵和他的情人之间就存在口臭问题。牧师和他牧养的会众之间也有口臭问题，内尔斯还注意到，他去领圣餐葡萄汁杯时，兰塞姆神父的口臭就向他扑面而来。在内尔斯的神话里，仙女们抱怨普里阿普斯[1]的口臭。口臭让孩子离家出走。议会中的政客，就因为口气冲天，以至于说的话也没

1　男性生殖神，酒神和爱神之子。

有人听。口臭是战争的一个起因。

萨福龙是个家长式组织。一位名叫马什曼的和善老人是公司总裁，也是多数股票持有者。去年，他儿子迈克尔已经从大学毕业，加入了公司。他精力充沛，创意无穷，但又让人不待见。他的产品让一家励志心理师事务所评估过。他们的结论是，斯邦所用配方太过平淡。他们称，清洁和苦味有关，如果这漱口水味道再冲一些，销售量会上升。实验室被要求研制新配方。瑞德利家晚宴的次日，内尔斯驱车前往威斯菲尔德测试新漱口水。这一天可以说无聊透顶。他漱口，吐出来，再漱口，再吐出来。他的味觉不是特别灵敏，他选配方的时候，也全凭猜测。大约四点的时候，他开始驱车回弹园村。他的嘴里很痛，于是停在路边一家酒吧来喝点酒。

从外面看，这地方没有可称奇之处，看起来很破旧。可是一走进黑乎乎的屋子，他发现这是那种比较安静的酒吧，顾客们坐在那里，庇护所似的氛围几乎触手可及。调酒师穿着租来的黄色夹克。四名男子在吧台处喝着威士忌。其中一人正用薯片在喂一条杂种狗。“我去的地方不超过索斯沃克，”其中一个人说，“我现在也只去索斯沃克了。”谈话的节奏，似乎有一种内在的韵律。和诗歌一样，感情充沛，亲密，刺激，率性。他们都来自其他地方，也要去其他地方，但在这个下午的四点，他们和那啤酒桶一样，似乎从来就在这里。“谁要是能说出我这狗是什么品种，我免费给他一杯酒。”喂薯条那人说。没有人接招，所以他自问自答了。“我这狗的品种一半是猎兔犬，”他说，“一半是爱尔兰赛特犬。”

内尔斯要了杯马提尼酒，这暴露出他只是个旅行者而非本地人的特征来。

“过去我认识一个女孩，她常说‘你好’。”其中一个男子说，“你见过那样的女孩吗？”没有人回答，他接着说，“她一见面就问好。我常在周四晚饭后去见她。她丈夫星期四去打保龄球。见面时她多半穿着浴袍之类的衣服，总是热吻一口，然后说‘你好’。我脱衣服的时候，她就亲我的耳朵以及全身，还一直在说‘你好’‘你好’‘你好’。我们这么热身的时候，她一直‘你好’个没完，进入正戏的时候，还说‘你好’，一声高过一声，最后喊了起来，你好，你好！完事后她给我点着一支烟，给我倒杯威士忌——她总是给我倒的——还亲吻我，说‘你好’。后来我穿好衣服，跟她亲吻道别，她还说‘你好’。我想她一定是说了些别的什么，但老实说，我不记得她说过除了‘你好’之外的其他任何话。”

“我老婆常说的那些，”第四个男人说，“我就不重复了。她说话轻声细语，可是一上床，就什么话都能说出口了，比妓女还坏。我以前老在想，这些都是谁教她的。我的意思是说，反正不是我教的。我常为此吃醋，我这人是很喜欢吃醋的。她生得漂亮，也喜欢搞来搞去，要是跟我来红杏出墙这一套，她也有的是机会。我的意思是说，我每天早上七点就离开家了，直到六点半才回来，她不大愿意跟我搞的时候，我估计她是在跟别人乱搞。我吃醋得厉害。我是不会请私家侦探到处跟踪这些的，可是我就想弄个水落石出，这你明白吧。于是我就想出了个主意。那玩意。她有没有把那玩意戴上。她要是戴上那玩意，她就想搞。她把那玩意放在药柜里，所以我很容易找到。所以，有天晚上，我回到家，洗了脸，无意中看了看药柜，发现那玩意不在。我想这下我抓住她了。所以我怒气冲冲地下了楼，问她一天是如何度过的，她说去购物了。她什么都没有买，但是一个下午都在看衣服。接着我说怎么感觉她在看别的东西呢。她接着做饭，我就问她那玩意哪里去了。怎么去买东西要戴那玩意。然后我冲她吼起来，乱骂一气，她哭了，说她戴这玩意，是因为我们早上干过了。你知道她这么一说，我就哑口无言了，因为我也记不得我们早上干过没有。于是我道了歉，她也不哭了，我们共进晚餐，但她不让我碰她。我还是心存怀疑，我想是在吃醋吧。所以一个星期后，她要去底特律看妹妹。她妹妹是那种品行不端的人。我开车送她到机场，跟她吻别，那天晚上回到家，打开药柜，发现那玩意还在。所以她回来的时候，我去机场接她，一切都好。可是晚上我刷牙的时候，发现药柜里有了两个那玩意。我猜她是故意留一个在家里，欺骗我，然后又跑底特律买了一个。我于是问她在底特律买这个干什么，她哭了起来，说那天下午得买一个新的，老的那个上面有洞了。于是我问，她是不是在药房买的，她说是的，我就说我去弄个明白。于是我打电话给药房，问他们她下午有没有买那玩意。他们告诉我，这些购买记录他们没有保存。另外，上下午班的店员回家了，所以我就要了那店员的号码，他们给了我，我于是给他打了个电话，他说记不得了，下午很忙的，他不可能每单交易都记着。她还在哭，当然，我觉得有点掉价，可是我还不能肯定到底有事还是没事。总之，大约一个星期后，有天她睡觉睡得很迟，我穿衣服，准备去上班，我外套上掉下来一只纽扣，我去找她放针线的盒子，打开一看，又发现一个那玩意。所以我把它拿进卧室，给她看，问她这玩意他妈的到底有多少，她把毯子拉起来遮住脸，什么也没说，我就这么少着一只纽扣上班去了。过了一个星期后，那种药片上市了，她就把她所有这些玩意扔掉，开始吃药。当然了，我被蒙在鼓里。六七个月后，我们离婚了。”[1]

内尔斯又喝了一杯，然后重新上路。酒吧里的这些谈话，与其说搞笑，倒不如说让他不安。那个保龄球队的男人怎么样？他是否知道老婆每个星期四晚上都在干什么？他是否在

---

1 原书中，此人说话用了很多“所以”（so），保留了他的表达习惯。——编者注

乎？内尔斯无可救药地坚持一夫一妻，滥交这种事的存在，他都觉得匪夷所思。他对尼莉是一见钟情。他婚姻的成功，不仅是内心的事，而事关生死。他想起了最近一个周六的下午，她在他的怀里睡着了。他抱着她，感觉两人好像融合了。他真正体验到了那种不论顺境逆境都不能分开、完全成为一体的感觉。他振奋，眩晕，就好比喝醉了酒一样。她的呼吸略显粗重，他感觉极为安宁。她是他的孩子，他的女神，他独生子的母亲。她醒来后问："我打呼噜没有？""哦，打得很厉害，"他说，"听起来像在拉链锯。""睡得好香。"她说。"很高兴怀里抱着你，"他说，"感觉很好……"下午回到家，他给两人都调了点酒，上楼洗了脸，然后在药柜里找酒吧那陌生人同样找过的那淫荡、可恨的东西。然后，他跑到楼下，问尼莉一天过得怎样。"我去买东西了，"她说，"不过什么也没买到。我只是看看衣服。都不合适，要不尺寸不对，要不颜色不对。"

"你能不能到客厅来一下。我有事问你。"她跟着他走进客厅，他关上通往过道的双门，以免声音被托尼听到。

按照事情发展的自然规律，加上在这个以世俗经验来看性道德问题的社会，颇有姿色的尼莉是不乏追求者的。如下的事情就发生过。一个星期六晚上，法洛斯夫妇在俱乐部把她介绍给一个名为巴拉德的年轻来客。他请她跳舞，他把她抱在怀里时，她突觉欲火中烧，这欲望比对内尔斯的欲望强得多。她看得出来，对方也有一样的骚动。他们心不在焉地在舞池中跳着。如果他要是请她到自己车上，她不大可能会拒绝，凭什么拒绝呢？她一生当中最为炽烈的欲火点燃了。他没有约她出去。他没有这个必要。他们两人都脸色苍白。他只是伸出手臂让她挽住，两人就这样下了舞池，他们经过吧台的时候，有人在喊："着火了，着火了，着火了！"酒吧里烟雾弥漫起来，喝酒的人涌入走廊，推挤着这对相恋的人。接着，内尔斯从大厅走了过来，手里拿着一个铜色灭火器，冲进了烟雾弥漫的屋子。乐队继续演奏，但所有的舞者都离开了舞池，挤在过道口。消防队几分钟后赶了过来，调酒师们又是咳又是掉眼泪，开始把酒瓶子往过道口搬，两个两个地摆着。他们从深红色地毯拖过白色帆布消防水带，把火情控制住了，也没让整块地方淹水。内尔斯终于从烧得面目全非的屋子里走出来，身上都是烟灰，尼莉跑到他边上说："哦，亲爱的。我真为你急呢。"然后他们回了家。从此她再也没有见过巴拉德，也没再去想他了。

村中有个浪子，名叫彼得·斯普拉特，不过大家都顺口叫他杰克[1]。他的妻子是个酒鬼，人们一直没弄明白，是他老婆酗

1 英文童谣中有个人叫杰克·斯普拉特：Jack Sprat could eat no fat. His wife could eat no lean. And so between them both, you see, they licked the platter clean. 意为"杰克不吃肥。老婆不吃瘦。两人凑一起，盘子舔光光"。

酒导致他拈花惹草，还是他拈花惹草导致老婆酗酒。在一些派对上，他常把尼莉拉到一边，说如果两人单独在一起，他都会干些什么。她没有生气，有时候还被挑逗得兴起。他星期六来借内尔斯的树篱剪刀。星期一中午，他按响了门铃。尼莉打开门，他走进门厅，把树篱剪刀放在椅子上，眼睛直勾勾地看着尼莉，让她感到晕眩。他说："现在，咱们可单独在一起了。"天知道尼莉会不会拒绝。不巧的是，内尔斯因为感冒，正在家待着。"是谁啊，亲爱的，"他问，"是谁呢，宝贝？"他穿着浴袍和睡衣，出现在楼梯口。"哎呀，杰克啊，"他说，"你怎么没上班啊。"

"我觉得该请一天假。"杰克说。

"也好，来喝一杯，进来喝一杯。"尼莉拿来了冰，两个男人喝了起来。斯普拉特再也没有尝试过。

附近还有个花花大少，叫鲍勃·哈蒙，曾屡次邀请尼莉和他共进午餐。其中有一回，恰巧她对内尔斯和他成天为漱口水操心感到厌烦，她就答应了鲍勃的邀请。她当时三十八岁，跟一个帅气的男子在饭店吃个饭，调个情，也无伤大雅吧。他们在城中一家酒吧见面，可是他没带她去饭店，而是直接带到一个公寓。这里所有用以诱惑的工具都齐全，包括香槟和鱼子酱。她吃了个鱼子酱三明治，喝了杯葡萄酒，他开始告诉她，遇到她之前，他的生活多么贫瘠。他还没有凑过来，突然间那鱼子酱三明治还是她早上吃的别的什么东西，让她肚子里如火山爆发一样闹腾起来。她问洗手间在哪里，接下来的十五分钟，她被痉挛弄得疲惫不堪。出来的时候，她脸色很苍白，情绪波动，说必须要回家。他的表情奇特，似乎也乐得看她离开。因为一场大火，一次感冒流鼻涕，还有坏掉的鲟鱼子酱，她的贞操得以保全，只不过从她的言谈举止上看，她还把自己的品德当成宝，像珠宝一样戴在头上，像徽章一样挂在身上，以示品行高贵，洁身自好，以及聪明睿智。

客厅里那场非常不快的争吵结束后，尼莉上楼，把自己的眼泪洗掉。然后，她准备好晚饭，以免托尼怀疑有什么不对劲的地方。晚饭结束的时候，内尔斯问："你功课做了没有？"

"全都做了，"托尼说，"我学了两节课时间。"

"咱们打高尔夫吧？"

"好啊。"

内尔斯从门厅壁橱里拿出一些推杆和球，他们开车到了64号路边上一个小型高尔夫球场。内尔斯猜测，这些球场是三十年代修的。这里有比较深的水障，有桥梁，还有风车。这个地方，早就荒草连天，被废弃了。水障干了，风车叶子丢了，绿地成了光光的水泥地，不过大部分障碍完好无损。夏天晚上，总有些男人和孩子过来打球，虽然"严禁私闯"的标记到处都是。当然，灯光是没有的，不过这毕竟是夏天的晚上，天上还是有些光的。一阵微风从西边吹来，河流对面有雷声。内尔斯在跟自己描述两人争吵时——他都这样做了一百多回了——他的描述大略是这样的。

“我很羞愧，我和尼莉争吵，我总是把这争吵归结为心理动机和漱口水。如果我不去威斯菲尔德，哪里会发生这样的事？托尼开球，我记得我跟他在一起感到高兴。我教他如何推杆，他姿势不错。四年前我放弃了打高尔夫，但我想什么时候重新开始打。我们会一起来打。我知道他不帅——鼻子太大，肤色也不好——可他是我儿子，我也爱他。嗯，风很大，对岸在打雷。我记得那雷声，因为我记得我当时在想，我多么喜欢雷声啊。雷声似乎是非常人性化的声音，比喷气式飞机的声音更人性化，雷声总让我回味起年轻的感觉。小的时候，我们参加过乡村俱乐部，我去参加所有的舞会——聚会——听到过去我们跳舞的乐曲——《雨声》《红红的知更鸟》——诸如此类，我还记得十七八岁时候翩翩起舞是什么感觉，但是雷声更能激活我们的记忆。我这不是说听到雷声就感觉年轻，我是说我能记得年轻的感觉。我们第二个洞打的是标准杆，第三洞本应让球绕着一个旧汽车轮胎转过去。这里我没处理好。托尼打了标准杆，可是我多了两杆，正努力时托尼说：‘知道吗，爸爸？’我说：‘什么？’他说：‘我不想去上学了。’

“这个，真让我措手不及。我被惹毛了。我从来没有想过有这一出。我当时脑子里的第一个想法，是自己要冷静。我得讲道理，得有耐心，等等。他才十七岁。我像演戏一样，设计了一个讲理、耐心的角色。接着我尽量扮演这个角色。要说真正的感觉，就好比耐心是一条毛毯子，我把它围在身上，可是它老往下掉。总之，我耐心地问：‘为什么啊，托尼？’他说他学不到什么东西。他说法语是说不尽的伤心事，英语更糟糕，因为他比老师看的书还多。然后他说，天文学是很好混的课，老师老态龙钟。他说，每次老师把灯关了，放短片的时候，所有人都打瞌睡，扔纸团。还有一回，老师话还没讲完，学生就争先恐后地跑出教室了，老师都哭了起来。他说，他到门口的时候，回头一看，发现老师在哭。于是他走过去，解释说，他们也不是有意这么粗鲁，他们就是不想下节课迟到，接着他说，老师说没人理解他，他爱学生，他爱所有学生。托尼接着又说，他瞧不起哭鼻子的老师。好吧，我们打第五洞，你得让你的球从大门里穿过去。我是用标准杆打完的，他多了三杆，我们接着说话。我说他总得把文凭拿到啊。我问他，如果连个毕业文凭都没有，他以后能干什么，他说他或许去贫民区做社工。他说有个地方专门收养父母有问题的孩子，他觉得他可以去那里做事。嗯，我的耐心，我那毛毯子，很受考验。它不停往下滑。我说如果他要做社工，我是没意见，我觉得他妈也不会有意见，不过他先得拿到毕业文凭。我说我估计做社工和其他工作一样，也需要培训，需要准备，他要是拿到文凭，我和他妈都很乐意送他上大学，让他接受社工所需的培训。接着他说，他什么也学不到，要文凭又有什么用。他说这东西很假，只不过是一张假的纸，如同一个假的条约。然后我说，假不假我不管，游戏就这规则，你得遵守。我说打个比方吧，裤子未必就是最舒适的着装方式，不过穿裤子就是游戏规则之一。我问他，如果我光着屁股去火车站会怎样，他说我光着屁股去火车站他无所谓。他说要是问他，我光屁股去火车站他是不在乎的。到了这个时候，我们已经不打球了，这时候，其他人，男人或者男孩子，问他们能不能打过来，我们说行，于是让到了一边。

“我说了，当时刮着风，雷声更密集了，好像快下雨，球场上光线也不行了，都看不见过来打球的人的脸。有高中的学生，我估计，有贫民区孩子，黑帮的，谁知道，穿着紧身裤，文化衫，抹着头油。他们的声音阴森吓人，好像是故意拿捏着腔调，弄得这么吓人的。其中一人打球的时候，另外一人就在后面猛捣一下他屁股，打球的那位也顺势屁股往后拱一下，发出呻吟的声音。我倒也不是真的不喜欢这样的小伙子，我就是对他们感到不解，他们也让我害怕，因为我不知道他们来自哪里，去往何方。如果你对人一无所知，这是一种很可怕的黑暗。我也不怕黑暗，可是人类的有一些无知让我害怕。有这种感觉的时候，我注意到，如果我们看陌生人的脸，找到一些蛛丝马迹，稍微了解一点他的情况，我就感觉好一些，不过，我也说了，天快黑了，你也看不到这些过来打球的人的脸。他们只是过来打，我们接着说这文凭和游戏规则的问题。我说不管他日后想干什么，都得接受培训，得让自己准备充分。我说，就算他想成为一名诗人，他也得有所筹备才是。接着，我说了一句以前从来没有说过的话。我说：'我爱你，托尼。'

"接着他说：'你爱我的唯一原因，你觉得你爱我的唯一原因，就是因为你能给我东西。'于是我说，这也不对，我做父亲之所以出手大方，是因为我自己的父亲没给我什么。我说我自己的父亲很抠门，所以我想大方一些。接着他说：'大方，大方，大方，大方。'他说他知道我大方。他说，一年的几乎每一天都在听说我如何大方。接着他说：'或许我不想结婚了。我也不是世界上第一个不想结婚的男人，对不对？或许我是同性恋。或许我想找个和善、干净的同性恋一起过。或许我想滥交，搞成千上万女人。人生在世，也不只有神圣婚姻和传宗接代这条路吧。如果生儿育女这么好，为什么你只要了一个？为什么只有一个？'我告诉他，他出生时他的母亲险些丧了命。'对不起，'他说，'我不知道。'接着他说，我应该理解，或许他不想傍晚回家，见到漂亮老婆，不想跟一群直腿的儿子打垒球。他说说不定他想当小偷，圣人，酒鬼，清洁工，加油站小工，交通警察，或者隐士。这时候我的耐心就没了，我那毛毯掉了。我说他应该爬起来做点什么有益的事情，他就说：‘什么有益的事？灌漱口水吗？’我就拿起我的推杆，要是被我砸到，他的脑袋瓜子立马会变成两半，可是他躲过去了，从球场上跑开，跑进了黑暗里。

“总之，我在这废弃的高尔夫球场，差点把儿子给打死了，可是接下来我想做的事，是去追他，补上一杆子。我当时很生气。我无法理解，为什么这个世界上我最爱的独生儿子，居然让我起了杀心。后来我拿起他的推杆，走回车里。回到家，我告诉尼莉说我和托尼吵了一架，当然，她是站在他那一边的，因为我已经跟她吵过一架了。然后，我喝了点酒，看着电视，也没有别的事情可做。我在电视机前一直坐到半夜，这时候他进来了。他没跟我说话，我也没找他说话。他上楼去睡觉，接着我上去了。

“从此之后，他就一直在床上不起来。”

第九章

托尼在床上躺到第二十二天的时候，尼莉收到玛丽·阿什顿的来信。玛丽是个清洁工，过去给尼莉做过事。玛丽聪明，也勤快，就是手脚不干净。她先是偷了尼莉母亲的两个小钻戒。尼莉从来不戴这些钻戒。她没有指责女佣偷窃。好清洁工难找，玛丽穷，做事也好，尼莉权当这钻戒是奖金了。一个月左右之后，又有一对金袖扣丢了，尼莉这才解雇了女佣。她没有提到袖扣。她收到的信是打印的，打印得很齐整（难道她偷了一台打字机？），信纸也很高档（偷的？）。信中写道："亲爱的内尔斯夫人：我知道你儿子病了，我听到很难过。他是我所认识的最优秀的男孩之一。村里有一个大师，也叫信仰治疗师，自称鲁托拉大师。去年他把我妹妹的关节炎治好了。他平时兼职给木匠珀昌做事，不过下午一般都在家。他没有电话，住处是在希尔街佩顿殡仪馆楼上。"

盗窃和巫术的奇异组合让尼莉感到不安。那天下午，她和内尔斯举办了一次鸡尾酒会，所以也没有机会给丈夫看这信。酒会很成功。赞扬鸡尾酒会殊为不易，但作为女主人，尼莉值得赞扬。她对自己家感到自豪，这种自豪并非稀里糊涂的那种。屋子本来就让人赏心悦目，她的优雅又为其增添了新的光彩。来了十六七个客人，都是她彻头彻尾喜欢做伴的那种。食物和酒水都一流，谈话也不是陈腐、乏味或者愚蠢的那种。查理·温特沃斯和玛莎·塔克曼坐在同一张沙发上，挨得比较近，一种永恒的渴望在两人之间一闪而过。他们目光对接的时候，突然都觉得如果能在一起生活，不亚于上了天堂。他们会为彼此的笑话发笑，相互取暖，一起去日本旅游。后来，玛莎离开了沙发，到吧台这边，和她丈夫到了一起。他们离通奸的距离，仅咫尺之遥。酒会唯一的困难，是内尔斯家的车道是环形，加上托尼（他自然还在床上）没能来指挥交通，大家的车停得颇为杂乱。聚会的最后半个小时，内尔斯都在忙着挪车和让客人挪车。到了八点钟，所有人都走了。他们在厨房里吃炒鸡蛋和香肠，这时候尼莉把信拿给内尔斯看。

“哦，我的上帝，”他说，“她就是偷东西的那个人，对不对？没准是小偷团伙。也许斯瓦米是个帮凶。我们就剩巫术没试过了，可是我不想尝试。”

内尔斯坐车去城里的挣扎越来越激烈，最终他去找了穆林医生。穆林医生给他开了大量镇静药。他每天早晨喝咖啡时服用，他跟尼莉说是维生素。镇静药给了他一些幻觉，他像是在寓言画里的宙斯，浮在云端。站在站台上，等候 7:46 那班车时，他觉得自己被云彩包围着。火车进站时，他收拾好自己的云彩，找个靠窗座位坐下。哪怕这一天天色幽暗，风景肃杀，途经的小镇破败而压抑，都无法影响到他的玫瑰色云彩。他似乎是沿着轨道在浮游，一直浮游到中央车站，对于贫困、疾病、财富、陌生的美女、雨和雪，他一律报以微笑，笑容灿烂但心不在焉。

鸡尾酒会次日的早晨，尼莉被枪声惊醒。

贫民区有暴乱，她当时在想，那些持械人员，会不会决定离开贫民窟，要武力夺取栗树巷这些白房子了。内尔斯不在床上，她到窗口去看。她看到内尔斯穿着内裤，在他们的大草坪上，拿着猎枪对着一只硕大的鳄龟射击。太阳还没有升起来，但天上亮着，在纯净而柔和的光里，这个没怎么穿衣服的男子和那只史前大龟，如同在开展着一场原始而又滑稽的战斗。内尔斯举起了枪，射向乌龟。龟退缩，倒下，然后，又像一只海龟一样慢慢起身，笨拙地向她丈夫爬过来。除了在动物园外，她从来没有见过这么大的爬行动物，可是在晨光里，显得突兀的不是这龟，而是内尔斯。这是乌龟的草坪，乌龟的天空，乌龟的宇宙，而内尔斯显得像是误闯了进来。他再次开火，却未打中。他接着再次开枪，那大号铅弹射过来，她看到乌龟头甩向一边。他又开了一枪，把枪扔在草地上，然后去抓住乌龟那锯齿状的尾巴，将它提起来。

“哦，亲爱的，你确定它已经死了吗？”她从上面的窗口叫道。

“确定，”他说，他似乎很惊讶看到她在窗口，“它死了。

它的脖子断了。”

“你说它是从哪里来的？”

“沼泽吧，我估计。它该有一百岁了。我起身去洗手间，看到它在穿越我们的草坪。我一开始还以为我在做梦。这壳都有三英尺长呢。它能伤着小孩子，也能把狗咬死。我回头去给埋掉。”

内尔斯的右耳还有枪声带来的耳鸣，他的右手也有些发抖。进到卧室，他把最后一粒镇静药磕到手里，手还抖着，镇静药掉到地上，滚到家具下面。内尔斯等到尼莉离开了房间。他把一根金属晾衣架扭曲成钩子形状，躺到地上，想把药丸给钩出来。梳妆台和地面齐平，他的药丸掉到了暗处。他钩出了两个分币和一枚纽扣。他接着把梳妆台上的灯给关了，把梳妆台从墙边往外挪。这台子很重，抽屉里装满东西，挪得很费力气，好不容易挪开，却发现地上有个裂缝，那药丸一定是掉缝下去了。他用晾衣架在缝里钩，钩出来的只有灰土。

想到自己没吃药就去坐车，他就出现了各种恐慌的症状。他呼吸急促，嘴唇肿起来。痛苦在他记忆中所处的位置，说来有些稀奇——他觉得他记忆中是没有痛苦的——可是现在，想到在格林埃克斯、拉斯卡勒斯下车，然后又要到克利尔海文，接着到图兰朵下车，痛苦、迷惑、羞辱都如同实际的那样，回到了脑海中，浓烈而清晰。他做不到。他的痛苦与勇气无关。

如果他强迫自己去车站，他知道他也无法赶上 7:46 那班车。洗冷水澡，自律，祈祷，这一切都像他参加童子军第一年所用的那些道德工具。他要养活尼莉和他的儿子，他必须进城去。如果他进不了城，他们将无人照看。在他的想象中，他们就好比被敌人——寒冷、饥饿、恐惧——包围，如同焚毁的城市中留下的难民。他洗了个冷水澡，希望这办法能碰巧起点作用，可是冷水并未让他安静下来。他满脑子想的还是 7:46 那班车。这车就好比是移动的深渊。他也不知道医生几点上班，但他知道别的也都做不了，当务之急是去开点药。

医生的办公室在一个二层公寓楼里，公寓楼叫花园公寓，只是没看到任何花园。他按了门铃，一个穿睡衣的男人打开了门。

“我一定是把地址搞错了。”内尔斯说。

“你找医生？”

“是的。此事非常重要，可以说是紧急情况，生死攸关。”

“你来对了地方，可是他现在不做了，”陌生人说，“三个礼拜前，郡医学会吊销了他的执照。他去城里化验室做事了。”

“发生了什么事？”

“药丸。他给人开各种非法的药丸。可是我现在正吃早饭……”

“对不起。”内尔斯说。他还能不能开车去城里呢？他可以坐公共汽车。他可以坐出租车。一个男子坐在停在他边上的车子里跟他说话了。“你要找医生？”

“老天，是的，”内尔斯说，“老天，是的。”

“他给你开的是什么药？”

“名字我说不上。是让我坐车用的。”

“什么颜色？”

“灰色和黄色。是胶囊药，半灰半黄。”

“我知道是什么。你要吗？”

“老天，要的，要的。”

“我们在桂花大道天主教公墓那边见面。你知道我说的地方吧。里头有个士兵雕塑。”

内尔斯赶在陌生人之前到了墓地。这地方很老派，有很多雕塑，可是士兵纪念碑比别的那些天使石像都高一头，很容易找到。掘墓人在远处做着事。内尔斯以为墓地现在都是机器挖的，可是这些人在用铁锹和锄头挖。他穿过一系列的天使——有的和人一般大小，有的是侏儒般矮小。它们有的站在自己保佑的墓地上方，翅膀一半收拢着，有的翅膀全收拢起来，挨到十字架上。士兵穿着1918年的制服——汤盘状头盔，绑腿，宽松裤子，右手拿着枪托朝地，是手拉式枪栓的1912式春田步枪。它是用白色石头雕刻出来的，至今颜色未变，但是风吹日晒之下，五官、徽章都模糊了，看起来像个幽灵。陌生人找到了内尔斯。他手里拿了几朵郁金香，一定是从哪里偷的。他把花放在那幽灵般士兵雕像前的一个容器里，说：“二十五块。”“我只花了十块钱，就开到了很大的剂量。”内尔斯说。“听着，”陌生人说，“我要是被抓，要坐十年牢，还有一万美元罚款。”内尔斯给了他钱，换了五粒药。“星期一你还要一些的，”那人说，“七点半和我在车站厕所见。”内尔斯把一粒药丸放到嘴里，但是他要喝水。那些用以纪念的瓮子、罐子里，积了些雨水。内尔斯用手捧了点起来，把药吞下。开车去火车站的时候，他指望药丸生效，让他的云彩聚集过来。到了停车场的时候，药果然生效了。他性情温和了，内心平静，有点无聊，有点心不在焉。他忘了放硬币在停车收费机里。舒舒服服赶到城里后，他打电话要尼莉试试那位大师。

第十章

午餐后尼莉给自己倒了一杯威士忌。我应该去找个心理医生，她想，这时候她想起了那个绕着看不见的牙医椅转圈的医生。她恨那个医生，倒不是因为他顺道在做房地产生意，而是她隐约感觉，在任何危机中，精神科医生都应该有能力拿出治疗方案来。可是这位仁兄出门的时候，把这种心理安慰也给带走了。她想起那个清洁女工——那位小偷——她戴着假牙。她最喜欢的消毒剂是一种化学品，广告里说有山间松林的气味，可是这种虚假的山间清新空气粗糙而造作，让人厌恶，像一个讽刺。白雪皑皑的马桶盖。艾略特要她去找大师，所以她去了。

贫民区沿着河岸，它是村里最古老的地方。她从来没有理由去那里。她曾在报上看到有妇女光天化日之下被扒，被抢。酒吧里有人持刀斗殴。当天下午，雨下得很大，天色晦暗。所有雨水都是一个味道，可是对尼莉来说，雨是从各样的天空飘落的。一些雨如同一张网，是从童年纯真的天空中飘落下来的。有的是疾风骤雨，带着苦涩。有的如同记忆，沉重地落下。那天的雨味道像血，有点咸。总之，尼莉走入了贫民区，到了佩顿殡仪馆。这是一幢破旧的框架式建筑，尖顶门，敷衍地显出些神圣意味，门下死者（械斗而死）进来，然后出去，奔向黑黝黝的鸟都不下蛋的公墓。左边有扇门，她估计是通向楼上的房间。她打开门，看到里面是空无一物的过道和楼梯。

这环境的陌生感让她深感不安，仿佛她在自己家的房间里，不只呼吸到了那些自己依靠的行为规范，也呼吸到决定了她染色体和各样观感的精髓。走廊上的陌生气味——这样的地方，都有一种古老的浊气——似乎夺走了她道德上的依靠。她环顾四周，想找一些熟悉的东西——一个灭火器也好——可是过道上一件属于她的东西也没有。要是报上所传的强奸犯此刻进犯，她束手无策。她迷失了。她吓坏了。她的本能驱使她转身离去，而她的职责是爬上楼梯；两股力量如同两条开阔河道，泾渭分明，河上也没有桥梁——这似乎也让她悟出了自己生活中的分裂。她仿佛是在一个火车站，在和自己告别，和一群吊唁的人站在墓地的边缘。别了，尼莉。

在这样的地方，她不可能扮演任何角色，这一点她敏锐地感觉到了。普查员？救援人员？来派发免费避孕药的节育人员？未婚妈妈顾问？从教堂义卖中分钱给人的慈善大妈？她都不是。她是一个儿子生病的女人，在一个小偷的建议下，来找一个巫师。我是个好女人，她想。这种傻气想法纯属无心——是犯强迫症一般冒出来的——此刻的她无助得很，哪里还能够自嘲？我都没在高速公路上轧死过一只松鼠。家里的鸟食器里我总是放着种子给鸟吃。她爬上楼梯。楼梯尽头上方，有一扇窗户，有人在那肮脏的玻璃上写着："希德·格林伯格又嚼烟又抽烟。"过道边是两扇大门。其中一扇上有一块牌子，写着"光明寺"。门后有音乐声——歌声——声音很闷，是从收音机里发出来的。她敲了敲门，没有人回应，她喊道："鲁托拉大师，鲁托拉大师……"

第二扇门后，有人大声格格笑起来——或许是淫笑，或许是醉笑——接着有个女子拿腔拿调地模仿尼莉的声音。"哦，鲁托拉大师，哦，鲁托拉大师……"一个男的也格格笑了起来。他们一定是在床上。"哦，大师……"女子又说。她几乎笑得无法自制。尼莉再次敲了敲门，一个男人请她进来。她走进一个房间，里面一个皮肤浅黑的黑人，正在把装饰布钉到椅子框里。屋子里有木屑的味道。当过木匠的基督，和新木头的神圣香味，哪一个先到？一个角落里放着祭坛。在一片蜡花中间点着许愿的蜡烛。蜡花意味着死亡——死亡和中餐馆。"欢迎来到光明寺。"他说。声音很洪亮，明显带着口音。牙买加人，她想。那张脸很瘦，一只眼睛受伤了，上面蒙着眼罩。战争所伤？箭伤？石头伤？这只不能再动的眼睛，带着永恒的宗教狂热，升向天国去了。另外一只眼睛活泼，明亮，会说话。"我是艾略特·内尔斯夫人，"她说，"玛丽·阿什顿跟我介绍你的。我儿子病了。"

"你想让我现在跟你一起去吗？"他问。那声音轻细、平淡。

“哦，是的，”她说，“如果可以的话，如果你觉得你能帮到他的话。”

“我可以试试，”他说，“我去洗洗手。我没车，下雨找出租很难。”

开车去她家的路上，她描述了托尼的病情和历史。她断定那口音不是牙买加口音。这是一种飘忽的说话方式，其目的是要显得精确或优雅。她带他进了托尼的房间，问他要不要喝一杯。“哦，不，谢谢，”他说，“我里面有比酒精更刺激的东西。”

“我能做什么？”

“保证没有人来打扰我们。”

“这个我保证。”尼莉说。她下去，给自己又倒了一杯。

“我叫鲁托拉大师，”他对托尼说，“我是来帮你的，起码我希望能帮到你。首先我跟你说说我这眼睛吧。我十五岁时，不幸在一时冲动下，偷了一辆自行车。鲜红的英国施文牌三速自行车。抵挡不住的诱惑。我把它藏在地下室里。我父亲发现了，把我暴打了一顿，然后跟着我一起还掉。自行车车主是个男孩子，他父亲不愿意起诉我，但我自己的父母亲坚持要送我上法庭。他们担心，如果我得不到惩罚，我会变成小偷。他们都是温和的人，我想我最终了解了他们，可是他们什么都怕。

我被判去利维顿的改造学校里蹲了半年。和其他一些监狱一样，这里有的囚犯是黑帮，在监狱的政府下面又自立了个小政府。他们极其残酷，为了保护自己，我装成跛子。我想，如果我一瘸一拐，他们就不会对我施暴了吧。可是有一天在食堂，我忘了装跛，他们发现我原来是在骗他们，就把我暴打了一顿。我到疗养所躺了两个星期，因为他们的野蛮，我的左眼不行了。我跟你说这些，是因为我注意到，当人说话的时候，眼睛和声音一样能交流，因为我的一只眼睛失明，有的人感到不安。我们说话的时候，我把头低到阴影下，免得你看到我的坏眼睛感到不适。不过我先不忙别的，把你房间收拾干净再说。敬虔和清洁为邻——人们都这么说——还是反过来说来着？”

“我认为是反过来说的。”托尼说。

大师开始把挂在椅子和门把手上的衣服收拾起来。他在壁橱里找到一只洗衣袋，于是把所有脏衣服放了进去。他把外套挂在衣架上，鞋子也挂起来，将壁橱关上，把椅子垫也抖了抖。“嗯，看起来好点了，对不对，”他说，“还有，要是你不反对，我烧点香。”

“你想干啥就干啥，”托尼说，“但我不是很喜欢烧香。任何香水我也都不喜欢。我连刮胡膏都不用。我喜欢闻女孩身上的香水味，可是我不喜欢到处都是这种香水味。我也不喜欢百货商店的气味。”

“我想我知道你的意思，”大师说，“但这个味道不是那种甜香，也不是很浓。这是檀香木。香味很纯净的。”他从口袋里拿出一根细细的香来，点燃。

“没关系。”托尼说。

“我出生在巴尔的摩，”鲁托拉说，“家境贫寒，可是我们这个种族的苦难广为人知，我也就不跟你啰嗦了。我上学上到八年级，阅读很好，但我算术不大行。我父亲是个木匠，我从改造学校假释后，我就去给他做事。很久以后，我去了纽约，找到一个在中央车站做事的职位。不是多光彩的职位。我是给中央车站做厕所清洁，每周做五个晚上，每晚上八个小时。我干些擦地板的活儿，但是我大部分时间，是把墙上人们写的那些东西清理掉。墙是白色的，很容易在上面写东西，过一个星期六的晚上，墙上就能写满。一开始，我看到这些很恼火。后来我发现，有的人也是出于无奈，才在墙上这么写的。他们非常痛恨自己写的东西被抹掉，仿佛这些东西是他们自己的一部分。他们用刀在木门上刻字。你也不能把他们都归结为变态，因为成千上万的人这么做，我因此对人类的孤独和淫荡有了深刻认识。有天晚上——不如说是早上——是三点钟后快四点的样子，我在拖地，有个男的过来了，说帮帮我，帮帮我，帮帮我，我估计我要死了。他穿戴齐整，但是脸色非常灰暗。于是我说，现在应该有巡警到大厅，我可以上楼去找他，让他叫救护车。可是他说，别离开我，我不想独自死去，于是我说，那我们一起去大厅，我帮你。于是我抬起他的胳膊，扶着他慢慢走到大厅，他一直在呻吟着，可是我们到了那里，发现没有巡警，什么人都没有，他说他得坐下，于是我们一起在一处台阶上坐下。那儿又阴又冷，空荡荡的，可是一个宣传照相机的彩色招贴广告那儿亮着灯。招贴上有一男一女和两个孩子，在沙滩上——是湖边吧，我猜——在他们后面的远方，是白雪皑皑的山。这是一个美丽幸福的画面，因为大厅的冷清和凄凉，越发显得美丽了。然后我就告诉他看着山，看这样能不能从病痛上分散点注意力。接着我说：我们祈祷吧。他说他不记得任何祷告文，我意识到我自己也记不得多少祷告文，于是我说，我们自己拟个祷告文好了，然后我开始一遍又一遍地说：勇气，勇气，勇气，勇气，说了一遍又一遍，不久他也加入进来。然后我说了些别的，他也跟着我说，接着他说，他感觉好些了，过了一会儿，他说他可以搭车去宾馆，去睡一下，他跟我道别，我们再也没有见过面。几个星期后，我来到了这里，给珀昌先生做事，他是我表弟，是个木匠。”

雨停了。内尔斯回家了。燕子和乌鸫在黄昏里觅食。风从东北吹来，顺着台阶穿上来，他能从吹过的风声里，辨别出花草树木来：枫树，桦树，郁金香，橡树。这样的知识，对他儿子，对他自己，又有什么用处？总得有人观察世界。黄昏的暮色延续着，如同一个音调完美的拉长音符。尼莉告诉他，大师在楼上，不能被人打扰。内尔斯喝了很多，晚饭后，尼莉说她要上楼躺一下。她要内尔斯许诺不去打扰大师。他亲吻了她一下，并拿起一本小说，好去提高一下自己的自制力。“在丹麦北部的奥斯特沃根小镇，”他读道，“一八六九年发生了如下事件。一月的一天早晨，人们看到一个年轻人在主干道上行走。他的靴子擦得锃亮，款式优雅，他的衣服剪裁得体，看样子都是在哥本哈根或者巴黎买的。他光着头，左手上戴着一个巨大的纹章戒指，上面刻有冯·亨德里希的家族纹章。晚上下过了雪，小村的屋顶上都是白的。女仆们在用枝条扎成的扫帚在扫走道上的干雪。这位年轻人——埃里克·冯·亨德里希伯爵——停在最大的一幢房子前，掏出一只沉重的金怀表来看。片刻之后，圣弥额尔教堂的钟声响起来了。铜钟最后的颤音，也在冰冷的空气里散去。年轻人迈着轻快的步子，上了屋子台阶，按了门铃。一个女仆一身那个时代特有的装束，系着围裙，扎着丝带，给他开了门，羞怯地笑了笑，行了个深深的屈膝礼。她是一个年轻漂亮的女人，尽管服装宽松，但掩饰不了她已经怀孕的事实。他跟着她走过一段黑暗的过道，进到一个大客厅里，那儿有个老太太坐着，边上放着一个茶炊。年轻的伯爵用法语向女主人亲切问候，接下递过来的茶。‘我只能待一会儿，’他说，‘我要坐马车去哥本哈根，晚上坐邮船去奥斯坦德。’‘真可惜[1]。’老太太说。她身边有个刺绣框，下面有镀金的筐子，里面堆满一卷一卷颜色各异的纱线。她把手伸到筐中，拿出一把小小的象牙柄手枪，对着年轻人的心脏，将他打死……”

内尔斯将书重重地摔在桌子上，又拿出一本叫《多雨的夏日》的书来。他读的第一句话是：“这是一个非常多雨的夏季，游泳池周围的烟灰缸里，总是有雨水，总是有烟头……”他把书丢到房间另一头。门铃响起来了。内尔斯去开门，来客是他的邻居哈维夫人。为什么她的脸湿湿的，他很纳闷。在她的肩后，他能看到天空中有星星了。她是在哭吗，她为什么哭？该哭的是他才对。“请进，”内尔斯说，“请进。”

“从我上次为共同基金筹款以来，我都还没来过这里呢，”她说，她在哭，“我又来筹款了。”为红十字会吗，内尔斯想，还是为肌肉萎缩症或心脏病？“今天晚上是为什么事业筹款啊？”内尔斯问。

“是为哈维一家人，”她说，“我是为戴兹筹款的。”她笑了；接着她又抽泣。

“请进来，坐下吧，”内尔斯说，“我请你喝一杯。”

---

1 原文为法语。

“嗯，说来话长，”她说，“但我想我既然指望你帮忙，那还是说说吧。我估计你知道，查理在阿默斯特上三年级。他到波士顿去参加了一次示威。他被逮捕了，在监狱里住了几个晚上，可是他们放他走了，改判罚款、缓刑。两个星期前，征兵委员会把他的分类，从‘学生延缓’变为‘一类优先’。他接到命令，应于前天入伍。我还要提到的一个事实是，他应征入伍时，我正好在美容院，我身边有个女人——我不认识她——告诉我村里有个精神病医生，特长是训练年轻人，让他们能够失去参军资格。他收费五百美元。我本想跟戴兹说说，可是又觉得这么做不大诚实。查理不想当兵，可是也不想撒谎。我的意思是这么做就好比是跑去自杀，以避免被人打死。总之，这事我没提。他应该星期四去报到，星期三那天，戴兹去了我们储蓄的银行，取出三千美元。这是我们的全部积蓄了。他全给了查理，五百美元现金，其余部分是张保付支票。我们对他的规划一次都没有讨论过。晚饭后，他上了楼，打包了一个手提箱，下来了，戴兹开车送他去车站。他们什么也没说，甚至都没有说再见。戴兹说他不想说再见，因为他怕哭起来。我想他现在应该在加拿大或瑞典，可是他也没跟我们联系。好了，一天之后，有个人到了戴兹的办公室——一个政府工作人员——说他知道戴兹从银行里取了三千美元，帮儿子移民。戴兹和我都以为我们的账户是隐私的，但显然不是。他说他要在家里见戴兹，于是戴兹坐了早班车回家，这人——这个政府工作人员——从他上班的郡政府所在地开车过来了。他先是指责戴兹帮助被征兵人员当逃兵，然后他说他要直截了当一点，他从口袋里拿出一支烟，放在桌子上，然后说戴兹拥有危险毒品，要逮捕他。这香烟是一种大麻，但戴兹还是第一次见到。这个男的解释说，他专门抓逃兵役的人，因为他在德国战俘营待了一年半，吃的是大大小小的老鼠。他希望年轻一代了解这是怎么一回事。于是戴兹打电话找了这里的律师，哈利·马尔尚，他们开车去郡政府，结果戴兹还是因藏毒罪名入狱。保释金要两千美元，因为这是月底了，我们拿不出这么多钱，所以我就挨家挨户筹款。”

“我觉得我楼上有两百，”内尔斯说，“但愿有所帮助。”

“哦，那太有帮助了。”

在黑暗的卧室里，尼莉问是谁在楼下。“是格雷丝·哈维。”内尔斯说，“我回头再跟你说。”他打开墙上的保险柜，拿出这笔钱时，她问：“大师治好了吗？付钱了吗？”

“不是的，”内尔斯说，“我回头再跟你说。”

“你要我写张收据吗？”格雷丝问。

“不用。当然不用。”

“我做共同基金做了五年，”她说，“但从来没有想过我会挨家挨户讨钱保释戴兹。”

现在托尼房间里檀香味更浓了。“自从我在车站的经历后，”大师说，“我就开始相信祷告。我不属于任何有组织的宗教，所以如果你问我向谁祷告，我答不上来。我相信祷告的力量，而不是把它当成和神的对话，我的祷告有时候会有回应，有回应的时候，我也不知道向谁去感谢。我治好了几个人的关节炎，但是我的方法也不是每次都灵。我祈祷它对你有效。

“你妈妈说你是个运动员，打橄榄球。我想请你把我当成你精神上的啦啦队队长。啦啦队的人不可能触地得分，可是他们有他们的作用。我有各种各样的啦啦队。我有爱的啦啦队，同情的啦啦队，希望的啦啦队，还有特定地方的啦啦队。在特定地方的啦啦队里，我就是想到某个地方，我想去的地方，我跟自己不断重复对这个地方的描述。比如，我会说我在一幢海边的房子里。然后我挑我喜欢的时辰和天气。我说我在一幢海边的房子里，时间是下午四点，外面下着雨。然后我会说，我坐在一把椅子上，一把带梯子背的椅子，我膝盖上放着一本书。然后我会说，我爱上了一个姑娘，她出去办事了，还没回来。我会一遍一遍这么说。我说我在一幢海边的房子里，时间是下午四点，外面下着雨，我坐在带梯子背的椅子上，膝盖上放着一本书。我在等候我心爱的姑娘，她出去办事了，还没回来。有关于各种地方的加油词。如果你有某个特别喜欢的城市——我喜欢巴尔的摩——你就挑个时辰、天气、场合，你一遍一遍地说。现在，你跟我说行不行？”

“行啊，”托尼说，“什么都行。”

“我要你一字不差地跟着我说。”

“当然可以。”托尼说。

“我在海边有幢房子。”

“我在海边有幢房子。”

“现在是四点钟，下着雨。”

“现在是四点钟，下着雨。”

“我坐在带梯子背的椅子上，腿上放着一本书。”

“我坐在带梯子背的椅子上，腿上放着一本书。”

“我爱上了一个姑娘，她出去办事了，但是她会回来。”

“我爱上了一个姑娘，她出去办事了，但是她会回来。”

“我穿着干干净净的衣服，坐在一棵苹果树下。我很满足。”

“我穿着干干净净的衣服，坐在一棵苹果树下。我很满足。”

“很不错，”大师说，“现在我们来试试爱的加油词。把爱说一百遍。其实也不是真的要数。你就说爱，爱，爱，直到你厌倦为止。我们一起来。”

“爱，爱，爱，爱，爱……”

“很好，”大师说，“非常好。我可以看出你是认真的。现在我们看你能不能坐起来。”

“这太疯狂了，”托尼说，“我知道这很疯狂，但我感觉好多了。我想尝试说另外一种祈祷词。”

当内尔斯听到他们说希望、希望、希望的时候，他又喝了一杯威士忌。他是不是什么巫师？他会不会让托尼中邪？内尔斯自称不相信什么巫术，所以任何巫术也不该让他感到害怕。窗外，他可以看到星光下他的草坪，他听到希望，希望，希望，希望。他们的声音听起来像鼓声。他的草坪和那些咒语，来自不同的国度。一切都很荒谬。

“现在试着坐起来，”大师告诉托尼，“坐起来，看你能不能把脚放在地板上？”

托尼站了起来。他瘦得厉害，肌肉都没了。肋骨清晰可见。臀部干瘪，背上生了红疮。

“走几步，”大师说，“不要走太多。两三步就行了。”

托尼走了两三步。然后，他笑了起来。“我，我感觉自在了，”他说，“我自在了。当然，我还很虚弱。可是我不悲哀了。那可怕的感觉没有了。”

“好了，不如你穿好衣服，我们下去见你父母吧。”大师说。

托尼穿好衣服。两人一起下去了。“我全好了，爸爸，”托尼说，“我还是感觉虚弱，不过可怕的悲哀没有了。我不感到悲哀了，这屋子也不像纸牌搭的了。我感觉我像是死过一回，现在又活了。”

尼莉披着一件睡袍，站在大厅里。她在哭。

“我们怎样感谢你才好？”内尔斯问，“要不要来喝一杯？”

“哦，不了，谢谢，”大师用那细细的、平淡的声音说，“我里面有比酒精更刺激的东西。”

“请允许我们付些酬劳吧。”

“哦，不用了，谢谢你，”大师说，“你知道，我有什么才能的话，也是白得的，我乐得用它来送人。但是你可以开车送我回家。出租车有时候非常不好找。”

事情到此结束。托尼十天后回到学校，一切都和过去一样美好了。只不过内尔斯每个星期一早上，还是去超市停车场、公共厕所、洗衣店和各种坟场，去见那个药贩子。

第二部分

第十一章

我第一次知道内尔斯（哈默写道）这个人是在阿什伯纳姆的一间牙医接待室。有张照片，和一篇简短的文章，说他被晋升为萨福龙公司漱口水部主管。文中提到他在罗马的岁月，他是弹园村志愿消防队成员，也是戈里溪乡村俱乐部成员。我那时候不知道，我现在也不知道，为什么我会单独注意到他。可能是我们的名字巧合吧，我也喜欢他的长相。不过是过了几个月之后，我才做了决定。我坐在沙滩上。我刚游过泳，正在看一本书。

我独自一人。当时人们对家庭生活极为看重，哪怕自自然然地孤单一人，都可能引起不愉快的怀疑。人要到沙滩上，那就得跟自己的老婆孩子一起来，有时候也跟着父母或是几个客人。孤身一人难得一见。这是一个美丽的海滩，我记得很清楚。传统上我们常把裸体跟审判、永恒等这些联系起来，这些沙滩上我们几乎是裸体，仿若世界末日之景。站在冲浪线上，我们似乎不经意地误入了一个永恒的道德漩涡。那天下午的审判似乎是福音派的。唯一忧伤的声音，是一个害怕海浪的孩子的哭声。没多久，一个同性恋沿着沙滩过来了，在离我躺着的地方十英尺处站着。这是我独自一人的直接后果。他走路的步态谈不上多勾引人，但明显有点吊儿郎当。他的身体很好看，晒得黝黑，游泳裤非常暴露。他向我投来多情的目光，眼睛有些斗鸡眼，然后将两个拇指伸进游泳裤，往下扯了点，露出后面一两寸来。同时，又有一个男的出现了。他比那同性恋老不少——大约四十岁吧——被日晒得厉害，估计是不大在海滩上常待的那种人。他说不上有什么肌肉，也不大好看——一个兢兢业业的工人，由于多年的诚实劳作，他的背有些驼，后背也比较宽。他和妻子以及两个孩子一起来，想放风筝。他在沙丘上背风站着，可是风筝飞不起来，线也缠住了。那同性恋又瞟了我一眼，然后目光向海上看去，又心不在焉地扯了一下自己的游泳裤。我站起来，和那放风筝的人到了一起。我解释说，如果他站在海滩顶端的位置，风筝兴许能飞起来。我帮他把线解开。看到这些，那同性恋叹了口气，把裤子提起来，晃荡着离开了，这一切果然不出我的预料。将那一小段又细又坚韧的风筝线绕在手指上，简明扼要地向那同性恋宣示了我的意图。那一刻，此举似乎带有强大的道德力量，仿佛我所处的世界，就被这么一段廉价、耐用、无色的线给绑到了一起。等线解开后，我把风筝带到海滩顶端处，举起来，看着风把它送上蓝天。孩子们很高兴。陌生人和他的妻子感谢我帮了他们。我又回去继续看书。那个同性恋已经走开了，可是那时候我渴盼出现一种新的道德，我希望它的约束分量更重一些，超过两个孩子的欣喜，陌生人信任的微笑，和一段风筝线。

我不是婚内所生。父亲是富兰克林·皮尔斯·泰勒，母亲是格蕾琴·舒尔茨·奥克森克劳福特——她曾给父亲当过秘书。我已经几年没有见到过母亲了，可是她现在就像在我眼前一样清晰——她的灰发飘动着，锐利的蓝眼睛在她的脸上，就好比大草原上的水池。她出生在印第安纳州一个采石场镇上，排行第四，也是四个女儿中最为平凡的一个。她的父母亲的教育水平都不超过高中。在乡土的中西部，生活困难而单调，他们只有靠学习来逃遁。这条路他们视若宗教仪式，走得不折不挠。他们在客厅桌子上放了一套莎士比亚全集。她的父亲是约克郡人，一头浓密的淡褐色头发，浓眉大眼。他身材修长，瘦而结实，四十多岁时，被诊断出结核病。他开始是采石场工人，后被晋升为采石场工头，后因石灰石市场滑坡，失去了工作。她住的房子里，有镀金的镜子，马毛沙发，一些瓷器和银器，都是她的母亲从费城带来的。这一切她都不曾拿来显摆昔日的荣华，可是费城！费城！——在这些石灰石的平房之间，它多像一个光辉的城市啊。格蕾琴讨厌她的名字，她时不时改称格蕾丝，格拉迪斯，格温多琳，格特鲁德，加布里埃拉，吉赛尔和格洛丽亚。她年少时，住的村里开了公共图书馆，不知是意外，还是有人错误引导，她看完了约翰·高尔斯华绥的所有书籍。这让她说话开始略带英国口音，并让她的想象世界和周遭的石灰石乡下，产生了无法调和的矛盾。有个冬天下午，她坐电车从图书馆回家，看到她父亲提着午餐桶，站在街灯下。司机没有为他停车，格蕾琴转向边上一个女子，叫道："你看到那可怜的人没有！他招呼电车停下，可是司机都没理他。"这些都是高尔斯华绥的腔调，她都在里面沉浸一下午了，她怎能够把父亲放入小说的场景里啊？无论是做仆人或园丁，他都会失败的。他可能勉强当个马夫，可是他唯一知道的"马"，就是采石场那些马头牌机械。她知道他是个正直、勇敢、干净的人，只是他身上那种让人无法忍受的孤独气息，迫使她这么看轻他。格蕾琴——或她当时自称的格温多琳——以优异的成绩从高中毕业，并拿到布卢明顿大学奖学金。大学毕业一个星期左右之后，她离开了石灰石的乡下，去纽约发展了。她的父母到车站为她送行。她的父亲瘦弱不堪。她母亲的外套都穿脱纱了。他们挥手道别的时候，另外一个旅客问这两人是不是她父母。她本来还想用高尔斯华绥的腔调解释说，他们只是自己来拜访的可怜人，可是她高声说："哦，是的，是的，他们是我父母。"

一定有一种神秘的、代代相传的公国存在，那里的孩子在无政府状态和变化之中长大，格蕾琴（现在叫格洛丽亚）就持有该国的护照。她在大学最后一年，成了社会党人，世界的弊病、不公、不完善、不平等和丑陋让她聪明起来。她基本上是瞎闯纽约城，不久就被聘任为富兰克林·皮尔斯·泰勒的秘书。他是一个富有而有远见的年轻人，也是社会党成员。格蕾琴成了他的秘书，马上又变成他的情人。他们无论从哪方面看都很快乐。他们之间的矛盾——至少我父亲是这么说的——来源是她的革命热情开始表现为盗窃或者说盗窃癖。他们常出去旅行，每次从宾馆结账出去，她都打包带走一些毛巾、刀叉、食品盖、枕头套这些。她的说辞是要把这些分发给穷人，可是他从来没看她分发过。“有人需要这些东西。”她会叫着说，把那些不属于自己的东西塞进行李箱。一天下午，他们住进海伊-亚当斯酒店，他看到她站在椅子上，从吊灯上拿水晶下来。“这些有人能派上用场。”她说。在托莱多的佩里准将酒店，她把浴室秤打包起来，可是他要她还回去，否则不许合上行李箱。她在克利夫兰偷了一台收音机，从旧金山皇宫酒店偷了一幅画。这种偷窃恶习如不治之症——至少这是他的说法——双方常为此大吵，最后两人在纽约分手了。在使用任何用具像烤面包机、熨斗和汽车这些上，格蕾琴一直运气不佳，虽然她一直备有避孕用品，可是坏运气再次降临。分手后，她发现她怀孕了。

泰勒无意和她结婚。他支付了她分娩的费用，给了她一笔收入。她在西城买了个小公寓。她总是自我介绍说她是奥克森克劳福特小姐。她是故意要让人不安的。我估计，跟人非婚生子，倒是让她有了些别出心裁的感觉。我三岁的时候，父亲的妈妈来看我。她很高兴我有一头黄色卷发。她愿意收养我。经过一个月的酝酿，我的母亲——反正从来也不是始终如一的性格——同意了。她觉得，周游世界、开阔视野，才是她的优越性，也几乎是她的职业所在。他们给我请了个保姆，我和祖母去乡下住了。我的头发开始变成褐色。八岁的时候，我的头发变得很黑了。我的祖母不是那种爱怨恨或古怪的人，从来没为这个责怪我，不过倒常说她觉得意外。出生证上我的名字写的是保罗·奥克森克劳福特，祖母觉得不满意，于是有一天下午请了个律师来，想解决这个问题。他们正讨论我姓什么，一个园丁从窗口经过，手里拿着一把锤子，于是我的名字便成了Hammer。格蕾琴名下有一份信托基金，使得她能够有体面的收入。她出发去欧洲后，伪装成格洛丽亚这事结束了。她的支票、担保和旅行证件上面，都说她是格蕾琴，于是她恢复成了格蕾琴。

我父亲年轻时，夏天在慕尼黑避暑。他一辈子都用杠铃和哑铃等器具锻炼，没有其他的运动方式，所以体形奇特。即便老了之后，他还很结实，看起来像给健美操或是赤糖糊[1]做广告的那些老体操运动员。在慕尼黑，也不知是虚荣，还是没事可干，他给装修摄政王酒店外墙的建筑雕塑师弗拉斯帕尔做

1 赤糖糊，又叫黑糖蜜，一种营养保健品。——编者注

模特。他给那些人像柱做模特，他的肩膀上顶着歌剧院、火车站、公寓楼和司法殿堂的门楣。四十年代，摄政王酒店被炸过。在此之前，我看到了父亲，他五官明晰可辨。摄政王酒店是当时欧洲最为优雅的酒店之一。父亲那过于发达的胳膊和肩膀，支撑着它的外墙。在世纪之交，弗拉斯帕尔很是受欢迎。我后来在法兰克福国际机场的梅赛德斯酒店，再一次看到父亲的形象。这次他是整个人扛着三层楼。在雅尔塔、柏林和上百老汇，我看到他的等级、脸面和地位不复存在，因为这种纪念碑式的外墙不流行了。我看到他躺在西柏林的杂草地里。可是这一切都是很久以后的事情了。我是他婚外所生，他一直被当成我的叔叔，这让我感觉苦涩，但想到他肩上扛着摄政王酒店，梅赛德斯酒店，还有同样被炸过的米尔斯堡歌剧院，我的好感打败了苦涩。他似乎很有担当，我爱他。

我过去曾交往过一个女孩。她总说她能想见我母亲的样子。我不明白，为什么以"贴身肉搏"为主的恋爱，会让她想起我的老母亲来，但是事实就是这样。这女孩全都说错了，可是我也懒得去纠正。"哦，我能想象出你母亲的样子，"女孩叹息道，"我仿佛都能看到她在花园里剪玫瑰。我知道她穿着薄纱的衣服，戴着宽宽的帽子。"要是我母亲在花园里，她很可能跪在地上，乱拔乱扔着杂草，如同狗在刨土一样。她不是我这位朋友所想象的那般纤弱，优雅。由于没个合法的父亲，我可能对母亲要求多了一些，可是我发现，她总是让我失望，有时候还让我不安。她现在住在基茨比厄尔，要住到十二月中旬——到下雪的时候吧——然后要搬到埃斯托利尔的一家小旅店。等雪融化了，她又会回到基茨比厄尔。这么搬来搬去，倒不是因为她格外热爱日光，而更多是出于经济原因。她还写信给我，每月至少两次。没准这些信里有重要信息，所以我也不能不打开就扔掉。下面我录下她最近的一封来信吧，也好让列位看看她的信函都是什么样子。

“昨晚我梦出了整部影片，”她写道，“不是一个场景，而是整部电影，全彩的，是关于一个日本画师，名叫夏野町。然后，我梦见我又回到了印第安纳州老屋的花园，发现一切都还是我离开时候的模样。就是我多年前剪的花，也还在后面的露台上，十分新鲜。一切都原原本本，不是照着我记忆的样子，因为这些日子我的记性也不行了，没法把东西记得这么细。这梦，是比记忆更深刻的灵魂赐给我的。之后，我梦见我坐火车。我看到窗外蓝蓝的水，蓝蓝的天。我也不知道我是要去哪里，可是翻看手袋，找到一封邀请函，是罗伯特·弗罗斯特邀请我共度周末。当然，他都死了，埋了。即便见着了，也一起待不了五分钟，可是能想象出这样的拜访，也是拜天命或是想象力所赐。

“我某些记忆在衰退，但是别的部分又颇顽固，甚至让人讨厌。它似乎不断地在演奏音乐。我似乎一直听到乐声。我一醒来，就有音乐在我脑子里播放，放一整天。我不解的是，为什么它们的品质有这么大差别。有时候我醒来听到的是《第一号拉祖莫夫斯基》的缓慢乐章。你知道我多爱这曲子。有时候吃早饭的时候我听到的是维瓦尔第协奏曲，再晚些听到的是莫扎特。但有时我醒来，听到的是苏莎的什么可怕的进行曲，接着是口香糖广告，再接着是肖邦的什么主题曲。我讨厌肖邦。我的记忆，为什么要用我讨厌的音乐折磨我？有时候我的记忆犒赏我；有时候跟我斗气。还有，说到记忆，我得说说小吉姆丝了。（吉姆丝是她的博德猎狐犬。）上个星期有天晚上，我被一种奇怪的声音吵醒。你知道，吉姆丝睡我床边，是她在发出这声音。她在数数。我清楚地听到了她在数数。她从一数到十二。接着，她又开始背字母表。当然，s 这个音她发起来很困难，但是我清楚地听到她在背诵字母表。我知道，你是觉得我疯了，不过，要是海豚能说话，吉姆丝说话有什么稀奇？背完字母表之后，我把她叫醒。被我发现这么做功课，她颇觉难堪，不过她还是对我笑了笑，我们两个都接着去睡了。

“我想，你一定觉得这些话荒唐，不过我至少还没迷上塔罗牌或占星术。而且我也还没到我朋友伊丽莎白·豪兰的地步。她觉得她的雨刷能给她出好点子，能一直帮她炒股呢。她声称，上个月，她的雨刷要她投默克化工，她照做了，赚了好几千。我想她可能跟赌博的人一样，亏了就撒谎。我说了，雨刷不对我说话，可是我在最想象不到的地方，尤其是在飞机发动机里，听出音乐声来。我听越洋喷气飞机隐隐的嗡嗡声都习以为常了，可坐老式麦道 DC-7 和‘星座’飞机去葡萄牙、日内瓦，我还是能听到这些复杂音乐。等飞机升空，这些引擎的和声就会在耳边响起，如同某种普世的乐曲，随性所至，无时空约束，如同一场幻梦。它远非喜庆的音乐，可是也谈不上悲哀。‘星座’飞机发出的音乐，对我来说更具复调音乐特征——而且不比麦道 DC-7 那么普世。如同置身音乐厅中那般清晰，我能从大调追踪到减弱的七分音，然后升到八分音，最终降到小调，然后是和弦的解决。这些声音有着巴洛克音乐那种有条不紊的推进感，但根据经验我知道，它们永远无法达到高潮，无法得到解决。我还是个姑娘的时候，在印第安纳州参加的教会聘请了一个风琴师。或因财务困难，或因耐性不足，他没有完成自己的音乐教育。他演奏管风琴充满才华，技巧熟练，但因他半途而废的音乐教育，开始时强劲有力的赋格曲，最后流入混乱和粗俗。‘星座’飞机的音乐也一样虎头蛇尾，草草告终。赋格曲的第一、第二和第三声部清晰，接着，就和那管风琴师一样，原创草草结束，归入漫无目的的漂游。麦道 DC-7 发动机的乐声似乎更全面，更拘谨些。飞往法兰克福的一天晚上，我清晰地听到古诺粗俗演绎的巴赫变奏曲，还算有几分可敬之处。我还听到了亨德尔的《水上音乐》,《托斯卡》中的死亡主题曲,《弥赛亚》的开场曲,等等。但是有天晚上,在因斯布鲁克,可能是因为严寒的缘故吧,我清晰地听到 DC-7 的引擎在把所有生命的声音,融合起来,形成一种让人飘然的曲调:船和火车的汽笛声,铁门的吱呀声,床的弹簧声,鼓声,风雨声,雷声,脚步声,歌唱声,似乎都合到了一起,拧成一股绳,一根线,最后在空姐的通知声中结束。空姐是要大家遵守'禁止吸烟'的规定(Nicht Rauchen)[1],对我来说,这意味着我要到家了,或者至少是到达目的地。

"我当然知道,你觉得这一切都不重要的。我明明知道你希望有个传统的母亲——能给你送烘焙点心,记住你的生日,可是我觉得,我们对对方的了解与探索,都谨慎而腼腆到了不切实际的地步。我们拼命去窥见一个人的灵魂——我们还有比这更强的欲望吗——我们自诩真诚、绝望,但实际上,我们设立了这一切虚假的传统,界定什么现实可以接受,我们按各自的活法活着,但我们又坚决不承认这些活法。在结束此信之前,再麻烦你听我讲述一个观察吧。我所说的大部分旅行者都知道,可是我连最亲密的朋友都不敢去说,免得她以为我疯掉了。既然你已经认为我疯了,我想我再说也无妨了。

1 标语为德文,即"请勿吸烟"。——编者注

“我注意到，在我的旅行当中，我在宾馆和小旅店睡的那些陌生的床，气氛大相径庭，对我的梦境有深刻影响。这是个简单的事实，我们会把自己的一部分——我们的灵魂，我们的欲望——留在我们躺过的床垫上，我有很多证据来证明这一点。去年冬天的一个晚上，我在那不勒斯梦见在洗一些自然干的衣服，你都清楚，我是不做这种事的。这个梦境非常清晰——我能看到一件件的衣服挂在淋浴间，我闻到了湿衣服的气味，尽管我的记忆里不会有这些东西。我醒来后，被一种异样的氛围包裹着——羞怯，真诚，纯洁。房间里肯定有别的人存在。早晨我问前台服务员，上次是谁住我的房间。他检查了记录，说是一个美国游客——一个叫哈丽特·洛厄尔小姐的人——入住的，她已经搬到一个更小的房间去了，她现在正走出餐厅呢。我转身去看洛厄尔小姐，她果然穿着我梦中所见的那种自然干的白裙子，她那害羞、纯洁、真诚的气质，还留在她已经离开的房间里。你可能说这纯属巧合，我知道，可是你等我把话说完。过了一段时间后，在日内瓦，我发现自己睡的床，有一种令人厌恶的、性欲的气氛，我的梦境也因此很恶心。我看到两个赤身裸体的男人，姿势像骑手骑在马上。早晨我问前台先前住的是谁，他说：‘是，是，是两个同性恋。’[1]他

1　原文为法语。

们的声音太大，被宾馆请出去了。从此之后，我每次住什么地方，都猜测前面住的是什么人，然后早晨和前台确认。每次我的猜测都正确，如果前台愿意配合的话。有时候涉及卖淫问题，他们不肯配合。如果我在床上没有发现什么异样，我就断定这床已经空了一个礼拜到十天时间了。我每次判断都正确。那年旅游，我分享了很多人的梦境，有商人的、游客的、已婚夫妇的，有的人纯洁守规矩，有的纯粹是妓女。最值得一提的是春天在慕尼黑那回。

“和往常一样，我住在布里斯托尔，我梦见一件黑貂皮大衣。你知道我讨厌皮草，但我真切地看到这大衣的里里外外，领子的剪裁，米色的外皮，黄丝绸衬里，一个丝绸口袋里还放着两张歌剧票的票根。早晨我问给我送咖啡来的服务员，前面入住的客人是不是穿着皮大衣。服务员把手拧在一起，眼睛翻了翻，说是的，是的，是一件俄罗斯黑貂皮大衣，是她这个服务员所见过的最漂亮的大衣。那个女人非常喜爱她的大衣，简直都把大衣当情人了。我搅拌着咖啡，尽量装作随意地问了问，那女子是不是去看过歌剧？哦，是的，是的，服务员说，她是来参加莫扎特音乐节的，两个星期以来，每天晚上都去看歌剧，每次都穿着貂皮大衣。

“我没有深感困惑，我一直都知道，生活有时候非常神秘，可是你不觉得吗，我有无可辩驳的证据，证明我们把自己的碎片，我们的梦想，我们的灵魂，留在我们睡过的屋子里？可是有这样的信息又有何用？我要是把这种发现倾诉给好友，她一定说我疯了，再说了，我能准确判断出我的床是老处女睡过的，妓女睡过的，或是没有人睡过，这又能怎样呢？是我有特异功能，还是所有旅客都知道这些？一种能力如果派不上用场，叫它特异功能是不是用词错误？我最终的结论是，我们的梦境有共性，包罗万象——衣服，歌剧票票根——如果我们相互之间真有这种深切了解，那么我们离世界大同是不是比想象中更近了？”

第十二章

我在阿什伯纳姆祖母的家里长大，上的是一所乡村走读学校。我一直在茶水间吃饭，到了十一二岁的时候，才能坐上正式餐桌。家里常有客人。那个年代，大人之间的谈话乏味得让人难以忍受。我估计是我自己生闷气的缘故吧。总之祖母教训我。“现在你也大了，能上餐桌吃饭了，”她说，“我也希望你能参与谈话。大家晚上聚在一起，不光是吃饭，也是来交流意见、经历和信息的。我们每天都能学到点新东西，不是吗？我们每天都能看到些新东西。你一天下来，一定学到了什么，观察到了什么有趣的事物，能拿出来给我和客人分享吧？我希望你积极参与这些谈话。”我要求让我回到茶水间，祖母就好像没有听见一样，我晚上到餐桌上就比较紧张。大家在聊着，祖母冲我笑了笑，示意该轮到我了。我只能记得一件事：从学校走回家路上，我看到一位女士在公园偷金盏花。当她听到我的脚步声时，她把金盏花藏到大衣下面。我离开之后，她又接着采花。

“我看到一位女士在公园里，”我说，“偷金盏花。”

“你就看到这些了。”祖母问。

“我还看了篮球比赛。”

大人们继续说起他们的话来，我知道我失败了，我下次得准备好点。我正在上一门古代史课程，我开始每天晚上记住书里两页内容的提要。“所有的希腊城邦中，”我说，“从黑海延伸到地中海的西部海岸，没有人能走近雅典，完成这一盛举的人是伯里克利[1]……”第二天晚上，我们说梭伦[2]在萨迪斯，接下来的晚上，我们说雅典宪法。一周结束之后，祖母好心地说：“我想你还是听我们谈话好了。”

祖母很有钱，具体我就不说了。她身体结实，面貌平凡，不过，即便在她的老迈之年，一辈子不用为钱发愁的事实，仍在她身上留下一种不多见的清新气质。运气和金钱让她似乎没有了焦虑的理由。我们是很好的朋友，当然我有时也取笑她。我十二岁时的一天——我没有去上学——她等着一个名叫彭怀特的英国伯爵来吃晚饭。头衔很让她振奋，但不知怎的，她对于彭怀特爵士到来的兴奋，让我很是不爽。我本该参加晚宴。我发现我们的晚饭包括牡蛎，于是跑到村里，在伍尔沃斯买了个很大的假珍珠。我让女佣奥尔加小姐把珍珠放入彭怀特爵士盘子上的一个牡蛎里。餐桌上大概有十二个人，正聊着天，突然彭怀特伯爵叫了一声，说的是“我的老天”，也可能说的是“瞧瞧！”然后把珍珠举起来。这是伍尔沃斯最大的一颗珍珠，

1 伯里克利（Pericles，约公元前 495—公元前 429）：古希腊时期著名政治家。

2 梭伦（Solon，公元前 638—公元前 559）：古希腊时期著名改革家、政治家。

在烛光下，显得像是无价之宝。“多难得的幸遇啊。”伯爵说。

“嗯。”祖母说。她通常脸色晴好，此刻却显出不安。

“我要把它给装配好，送给我太太。”伯爵说。

“但这是我的珍珠，”祖母说，“这是我的家里。这些都是我的牡蛎。珍珠是我的。”

“这我倒没想到。”伯爵说。他叹了口气，把珍珠给祖母了。

拿到手里，她看到是伍尔沃斯的货，转向桌子末端的我说：“回你房间去。”我走到厨房，吃了晚饭，然后去了我的房间。她再也没有提到珍珠的事，但我们之间的关系也彻底改变了。九月，我被送去上学了。

第十三章

在我上学的最后一年，祖母死了，我没有地方过圣诞。我有不少朋友，但我不记得有人邀请过我，也可能是人家请了我没接受。学校放假关门了，我一个人留在宿舍里。空荡荡的大楼里只有我一个人，我感觉极为孤独，我也觉得当个私生子是很残酷的不公。学校里所有人至少有父母其中一方，而我一无所有。父亲在圣诞节哪怕给我买点啤酒也好啊。我对他就这点要求了。我知道他已经结婚，住在波士顿，所以那天晚上我飞到波士顿了。我在郊区一本电话簿上找到了他的名字，于是开车去他住的戴德罕镇了。我就只要他给我买点啤酒，别无他求。我按响了门铃，他的妻子打开门，我惊讶地看到，她是一个模样平常的白发女子。她的脸色蜡黄，牙齿很长，然而，因与美貌几乎无缘，她倒别具一番魅力。她看上去善良、聪明。她的嘴大大的，嘴唇薄薄的，笑容很美丽。我说我是保罗·哈默，我找泰勒先生。估计她知道我是谁。她说，他去城里了。

“他星期三去参加聚会了，”她说，“他要是去参加聚会一般是要过几天才回来。他住在丽兹酒店。”

她的语气里，没有那种忍辱负重的感觉。也许她很高兴他离开了家。我谢过了她，驱车前往丽兹。他登记了，可是没接客房电话，我坐电梯直接到了他在的楼层。按门铃没有回应，门没有锁，我直接进去了。

果然是有个聚会。客厅里到处是那些空瓶子和脏杯子，好像没有这些，一个聚会倒不齐全了。他在卧室里。两张床没有收拾，上面能看出发生过不少云雨之事。他酩酊大醉地睡在一张床上，赤身裸体。他的脖子周围挂着一串香槟酒塞子——十七个——估计是他醉得不省人事后朋友给围上去的。他已经年过半百，可是举重还是起了效果，要是不细看，你还以为他年轻得多。他轻盈，真的很轻盈，但这种反常的轻盈显得下流无耻。被酒精放倒在床上，他那模样就像某个二流的老式意大利餐厅墙上所画的伊卡洛斯[1]或该尼墨得斯[2]，褪了色，上面有苍蝇粪便，画本身也拙劣。就是我冲他耳朵里叫喊，他也不会醒，他也需要这种睡眠。我就是这么慈善。我慈善到无以复加。他是我的父亲，他与母亲合作，创造出了我的心脏、我的器官、我的目光、我的思想，对这样的一个创造者，一个人能做到什么呢？我可以杀了他，我可以虐待他，我可以原谅他，但我总得做点什么。最终我选择了苦涩的原谅，我走了。我的下一站是基茨比厄尔。要是父亲不肯给我买瓶啤酒，或许母亲可以给我泡杯茶。

1　希腊神话人物，曾和父亲一起用蜡和羽毛做翅膀试图逃离，结果靠太阳太近，翅膀融化，坠海而亡。

2　希腊神话中的美少年，被宙斯带去给众神侍酒。

我们说起旅行——国际旅行——就好像它是人类最自然的状态。“X先生，”我们读道，“然后从波士顿前往基茨比厄尔。”这和事实差得多远哪！我在伦敦洛根机场赶上了一个晚间航班。飞机晚点了，我在机场酒吧喝了五杯马提尼，在酩酊大醉中横渡了大西洋。天亮时飞机到了伦敦，我又发现行李丢了。我在机场徘徊到下午三点，才等到我的包，我坐了辆出租车到多切斯特。我想睡上一觉却没成功，然后我去看电影，最终在一间酒吧里被大麻熏晕了。我买了清晨出发去法兰克福的机票，不过那天早晨，伦敦雾很大。我赶到机场的时候，所有飞机停飞。机场每半小时宣布一次雾将散去。我吃了免费赠送的早饭。然后我又吃了免费赠送的午餐。三点钟的时候，机场宣布全天关闭。我又回到了多切斯特，但是宾馆已经没有了房间，我又找了四家宾馆，最终在帕克曼广场找了间公寓房，一晚上都被吵得睡不着，那稀奇古怪的声音就不劳我去描述了。早上仍有雾，但像是在渐渐散了，我回到机场。我喝了一杯味道恶劣的咖啡，又喝了一杯橙色的水。喝这些东西对我的消化系统的影响可谓立竿见影，我一溜小跑到了男厕所。我在里面待了十五分钟左右，突然广播通知我的航班开始登机了。我提起裤子，一路跑着横穿过整个机场，正好赶上去法兰克福的飞机。我的消化问题并没有解决，从伦敦到法兰克福的航班上，我一直待在厕所里。显示灯用三种语言要我回到座位上，可是我怎能回得去？在法兰克福，我上了去因斯布鲁克的飞机。天很冷。在因斯布鲁克，我跨过阿尔卑斯山到了基茨比厄尔，下午四点到了目的地，可是我又像没有到达任何地方。我似乎是绕地球环行了三分之一，一路丢撒自己的五脏六腑。

母亲的地址是贝尔维旅店。木建筑的外墙上装着角，我在想提洛尔人[1]是不是不明白角和戴绿帽子的关联[2]，还是这旅店就是专门干这事的？我提出见我的母亲时，他们显得很吃惊。她不是自称某某小姐的吗？一个女佣上了楼，带母亲下来了。她看到我，高兴地哭了，我过去拥抱她。她的头发已经开始变灰了，但她还没有臃肿起来。她眼睛的颜色仍然是明亮的蓝色。

"你是来过圣诞节的，保罗？"她问，"你是来和妈妈过圣诞的？我过去一般很早就去埃斯托利尔了，可是今年没有下什么雪，所以我还待在这儿，等着飘下第一片雪花。"

他们给了我一间和她相邻的房间，我们一起上了楼。她用酒精灯烧了点茶，给我倒了一杯。这时候门猛然打开，一个精瘦的女人飞也似的跑进来，叫道："你把我的糖碗拿走了！你昨天喝茶时借了我的糖碗，忘了给我还回来。"

1　提洛尔地区位于阿尔卑斯东部，在奥地利以西、意大利以北。

2　在一些西方国家，用两只手放在头两边，装出角的样子，是侮辱对方老婆与人通奸。

“可是糖碗我还了，”母亲礼貌地说，“放你书架上了。你在书架上能找到的。”陌生人离开后，母亲转向我，问道：“你那可怕的国家现在怎样？”

“不可怕，妈妈，”我说，“再说了，也是你的国家啊。”

“没错，我是用美国护照旅行，”她说，“但这只是对付官僚机构的一种妥协而已。美国是个可怕的地方，这可错不了。我和你父亲还在社会党的时候，我一再说，如果美国资本主义继续抬举那些唯利是图的奸诈小人，整个经济会堕落，只能生产麻醉品和腐朽的生活方式，让一切反省——任何深度思考和情感——都变得不可能。我说的是不会错的。”她用手指戳了戳我。“我在咖啡馆看到美国杂志，大部分文字都是在给烟草、酒精和荒谬的汽车打广告，这汽车许诺——真正是许诺——能让你忘记肮脏污秽，精神贫困和自私单调。在文明史上，从来没有见过哪个伟大的国家这般一心一意地在麻醉自己。去年我去了加州……”

“我不知道你回家了。”我说。

“嗯，我是回了，”她说，“我没给你打电话。”

“没关系。”我说。

“我知道没关系，”她严厉地说，“好了，长话短说，我去洛杉矶看一些朋友，他们带我在高速公路上兜风，这中间，健忘、自杀、市政腐败和自然资源的滥用，我再一次领教。我是不会回去了，要是我回去，你知道我会干什么吗?”

“不知道，妈妈。”

“我会找个弹园这样的地方去定居。我会买一幢房子。我会非常低调。我会跟人打桥牌。我会从事慈善事业。我要通过各种消遣，掩饰我真正的目的。”

“这目的是什么？”

“我会找个年轻人作榜样，最好是广告公司的什么高层，结了婚，有两个孩子，一个活得既没有真正情感也没有真正价值的人。”

“你会怎么对他？”

“我要把他钉死在基督教会的大门上，”她激动地说，“不用这种十字架钉死的手段，都无法唤醒这个世界。”

“你怎样钉死他？”我问。

“哦，具体我还没想好。”她说。突然，她又还原成一个慈眉善目的白发老太了。“估计我会找个鸡尾酒会用药麻翻他毒死他什么的。我也不想他痛苦。”

我走进自己的房间拿出包里的东西。石膏墙很薄，我能听到母亲通过隔离板在说话。起初我还以为我走后来了别的人，后来听到语调单一，才知道她是在自言自语。我能听得很清楚。“我父亲是一个普通采石场工人，经常失业。我在某处读到过，一个人的起点，将决定其未来的发展路线，我出身这么寒微，照说我只能找个餐馆做服务员，充其量也只能当上小镇的图书管理员。我一直试图篡改我的出身，好让我的职业道路开阔一些。在一个小镇上长大，我很害怕一辈子在这里困住……”

我沿着过道走过去，开了她的门。她已经脱掉鞋子，躺在床上，衣服穿得好好的，在跟天花板或是空气说话。

“你到底在干什么啊，妈妈？”

“哦，我在分析我自己，”她开开心心地说，“我想精神分析对我有好处。我去村里看医生。他的费用是每小时一百先令。这钱我花不起，我跟他这么说的时候，他要我把车卖掉，减少吃饭次数。想想看吧。然后，我决定自我分析。现在，每周三次，我躺在床上这么自言自语一小时。我很坦诚。什么不愉快我都不回避。这个疗法看来很有效，而且一分钱不用花。我还有三刻钟才结束，你要是不介意的话，让我一个人在这儿吧……”我走了出去，关上了门，但在大厅里站了一会儿，能听到她说：“我躺下睡觉的时候，我的梦是线型的，很有节制，也很体面。我躺着的时候，常常梦见一幢帕拉弟奥[1]风格的别墅。我的意思是说，按照帕拉弟奥线条建的别墅。我弓着身子睡的时候，我的梦夸张、龌龊，有时候还挺色情。当我趴着睡

1　帕拉弟奥（Andrea Palladio，1508—1580），意大利建筑大师，著有《建筑四书》。

的时候……”

我回到房间，打包好行李。天可怜见，我这独子，双亲一个是扛着梅赛德斯酒店三层楼的男塑像，一个是疯老太。我给她留了个条子，说我感觉烦躁不安了。这么来也匆匆，去也匆匆，在我自己看来倒也算不得恶作剧。我感觉她沉浸在她自己的怪癖里，估计她都不会注意到我走。我叫了一辆出租去车站，重新开始旅行了。那天晚上晚饭前，我赶回到伦敦。已经是十二月二十三号了。晚饭后我出去走了走。天在下雪。我路过一个戏院还是电影院什么的，里面有个传道人——名字我记不得了——在开布道会。我出于好奇走了进去。大厅里大约有一半人。

传道人穿着普普通通的灰衣服，其貌不扬，说不上丑，可那张脸上有不和谐、不安宁的因素。他的鼻子又大又圆又红。嘴唇倒是轻薄。那头发和耳朵似乎是临时扣到头上的。屋里灯亮着，我看了看周围的会众。有不少住公寓房模样的人，孤独的老头老太，与其说虔敬，倒不如说孤独和无聊——但是也有一些清新的面孔，年轻的面孔，这些男男女女是诚心诚意来寻求心灵平安的。他们低头诚挚祷告，大家身上都有气息相通的人性，这一切让我深受感动。那一刻，所有狭隘、猜疑、孤独、恐惧和忧虑的残酷负担，似乎全都解除了。生命很自然，我们在一起，是自自然然的男男女女。我身边一个人似乎陷入了祷告。布道结束，传道人要我们到剧院前面来，忏悔我们的罪，祈求原谅。接着，会众三个一群五个一伙，走向剧院前面，去接受祝福。

祝福之后，他们转身离开，很多人脸上充满荣光，这种喜乐也不知能持续多久，可是这又有什么紧要的呢？他们中的很多人，必须回到空荡荡的房间，回去照顾残疾的家人，面对破产的婚姻，对付侮辱、嘲讽和绝望，可是他们已经有了些许诺。我也随着最后一群人，从过道上走了过去。哦，天父啊，我是罪人。在野餐时候，我贪吃了三明治。我什么肉体的丑事都做尽了。我把我的新自行车丢在雨里。我不爱我的父母。我曾对着镜子欣赏自己。慈爱的天父啊，洁净我，原谅我。

接着，我站在那里，头还低着，我感觉到了完全的洁净，完全的原谅。生活简单，自然，美好。我的生活有了个目的，虽然我一时还不晓得这目的是什么，得等到日后。我开开心心地走回宾馆了。

第十四章

在耶鲁上大二那年，我向纽黑文法院申请将我的名字从保罗·哈默改为罗伯特·利维。我也不清楚为什么要改。当然，哈默算哪门子姓!“利维”这个声音纯净，简单。再说了，我本来不属于任何特定社区，也想借助利维这个姓，混入犹太社区。我的律师雄辩地说我是非婚生子，有人拿着锤子从窗前经过，我就随着这个低微、原始的工具来姓了。姓温斯托克的法官拒绝了我的申请。纽黑文的报纸上登出了这则报道，还列出了我姓的来历，结果，上流社交圈开始冷落我，我失去了至少一打朋友。杂种对社会秩序仍然是一种威胁，这现象屡屡让我吃惊。

从小学到大学的经历我就不说了。二十四岁住在克利夫兰的时候，我从祖母留给我的遗产中拿出五万美元出来投资，放进一个大学同窗经营的出版社。我们都缺乏经验，生意冷清。过了一年，我们就把公司抵押给一家大一点的出版社。六个月后，这家大出版社将抵押卖掉，把我的投资悉数卷走。从这时候开始，我得上了忧郁症——一种绝望情绪，有时候浓得似乎伸手都能抓住，不过我觉得这和投资失败关系不大，毕竟我那时候收入还颇为可观。有一两次，我似乎都能瞥见这忧郁症的相貌了。它身上毛乎乎的——典型的那种恶心怪兽——不过往往也是来去匆匆，如同一股细风。我决定搬到纽约，翻译欧亨尼奥·蒙塔莱[1]的诗歌。我租了一处带家具的公寓，但纽约城我几乎一个人都不认识，也好，我大部分时间能独处。大部分时间我独自对付忧郁症。

一上火车或飞机，我的忧郁症就发作。我醒来的时候会感觉健康，满脑子计划，可是刮胡子或者喝第一杯咖啡的时候，我就被忧郁症压垮了。黎明的交通噪声把我吵醒时，忧郁症最为严重，我也最为脆弱。我最好的抵挡方法，或曰唯一的抵挡方法，是用枕头盖住头，脑子里试图调集出我已经失去的优美意象。第一个是山——显然是乞力马扎罗山。山顶是完美的锥形，积着雪，有霞光。我看到过此山成千上万次——我巴不得看到它——等我看熟悉了，我还看到山脚一个原始村庄的火苗。我估计，这个景象来自青铜或者铁器时代。按照看的次数算，接下来的是一座铜墙铁壁的中世纪城镇。它可能是在圣米歇尔山[2]、奥维多[3]或者是西藏大昭寺，可是带城墙的城镇，和白雪皑皑的山一样，似乎代表着美丽、热情和爱。我也曾看到两岸是芳草地的河流，不过看到的次数不太多，也不太真切。我

1 欧亨尼奥·蒙塔莱（Eugenio Montale，1896—1981）：意大利诗人，1975 年获诺贝尔文学奖。

2 位于诺曼底海岸之外的岩石小岛上，法国著名景点。

3 意大利城市，地处岩石山上，地形奇特。

猜这些是极乐世界，不过我发现很难到达，有一阵子，我觉得铁轨、高速公路能破坏一个地方的美丽。

为了打败忧郁症，我开始酗酒，有天早晨——我在纽约待了一个月——我在剃须的时候，就喝下不少杜松子酒。然后我又回到床上，用枕头盖住头，试图调出山峰、围城或青草地的意象，可是我却看到了一个苍白的女人，穿着一件衬衫，上面是淡蓝色的条纹。那短短一瞬间，我似乎深深爱上了她，可是她很快又消失了。

那天晚上，我在床上一直睡到十一点，甚至更迟，然后我起床去街角的杂货店买早餐。这个地方开始挤满来吃午餐的人群，噪声和气味让我恶心。我喝了一些咖啡和橙汁，然后回到公寓，又喝了一杯。什么也没兑，我直接就喝起这杜松子酒。我感觉好了一些，又喝了第三杯，然后再一次出去，看这回能不能吃点什么了。这一次，我去了一家法国餐厅，在这里我在酒方面的精益求精不会受到嘲弄。我点了一杯马提尼，还要了火腿肉和一盘炒鸡蛋，勉强吃了下去。然后，我回到了我的公寓，脱了衣服重新躺回床上，把被单扯到脸上盖住。我讨厌白天的光，它似乎是我忧郁症的根本所在。天一黑，我的郁闷会减轻不少。夜，仿佛是遗忘的伪装。我躺在床上，不睡也不醒。当我再次穿好衣服，再次出去到街上，发现天开始黑了。我又回到法国餐厅，点了一份蜗牛，一份牛柳，然后去看电影了。这是一场间谍电影，很老派，进一步破坏了我本已虚弱的时间感和现实感。电影看了一半，我离开了，又回到床上。大约十点了吧。我吞了几片安眠药，一直睡在床上，直到次日下午两点。然后，我穿好衣服，出去到餐馆要了份炒鸡蛋。然后我回到床上，躺到次日早上十点。我只想好好睡个长觉，我也有足够的安眠药做到这点。但我把药放马桶里冲走了。我给自己屈指可数的朋友之一打电话，要他医生的名字。接着我打电话给医生，要他介绍一个精神病医生。他推荐了一个叫多希尼的人。

多希尼那天下午就让我去看病。他的候诊室里收集了大量的杂志，但烟灰缸很干净，靠垫一丝褶皱都没有，我都感觉我是不是他很久以来的第一个病人。我纳闷，他是不是那种失业的精神科医生，落魄的精神科医生，不受欢迎的精神科医生，就好像一个闲着没事的律师、理发师或古董商那样，纯粹在这里消耗光阴？他很快出现，领我到了一间陈设着古董的诊室。我又纳闷，精神科医生的教育，是否包括诊室的陈设。这些陈设是否出自他们自己？出自他们的妻子？还是专业人士？多希尼长着一张长脸，棕色的眼睛大大的。我坐到病人的椅子上，他那棕色眼珠的光，投射到我身上，就好比牙医打开了钻头上方的灯。接下来的十五分钟，我被他注视的目光照着，我回视的时候一样目光如炬，我是想表明我的真诚，我的男子气概。

他像是醉酒后看到的重影一样，有两副面孔，一个要吞掉另外一个，看起来很有意思。他的收费是每分钟一美元。

看了第四或者第五次之后，他要我回家后手淫，并把反应告诉他。我照着去做，汇报说我为自己感到羞耻。他听到这消息很高兴，说我的忧郁症来自我的性负疚感。我是一个压抑的异装癖同性恋。我跟他说我爸给弗拉斯帕尔当模特，他告诉我是裸体男子支撑着酒店、法院、剧院的形象，让我感到恐惧，把我逼上了一条变态的人生道路。我要他见鬼去，说我不治了。我说他是骗子，我要向美国精神病学协会举报他。如果他不是骗子，为什么他的墙壁上不像其他医生那样挂着文凭？他火了，猛地打开他的办公桌抽屉，拿出一堆证书出来。他有耶鲁大学、哥伦比亚大学和神经医院的各种证书。我注意到，所有这些证书上都写着霍华德·希兹，我问他这些证书是不是从某个二手书店买的。他说，开业时，出于一些傻瓜都能明白的考虑，他把名字换了。我走了。

看完多希尼之后，我的情况并无好转，反而更糟了，我开始非常担心，刻在石灰石上的父亲的头、肩膀，是不是真在压迫我？如果真是这样，我该怎么办？米尔斯堡歌剧院和摄政王酒店均已被拆除，但我无法把他从百老汇搬走，他还扛着法兰克福的梅赛德斯酒店。我继续酗酒——每天喝超过一夸脱——我的手开始抖得厉害。我每次走进一间酒吧，都要等着调酒师转过身，才把杯子端到嘴前。我有时会把杜松子酒洒得吧台上到处都是。其他顾客看了觉得很开心。有个周末，我和几个嗜酒如命的好友去宾夕法尼亚州。我们乘坐火车回来，一路上大家都在欢宴，于是星期天晚上十一点才到宾州车站。该火车站当时正被夷平和重建，四周是迷魂阵一般的废墟，如同我内心混乱的可怕投射。于是我走到街上，寻找酒吧。车站周围的酒吧光线太亮，一个手在发抖的人在里面不会自在，我开始向东边走，寻找暗一点的酒馆，免得让人看到我的毛病。沿着一条偏僻小街，我看到了两扇亮着灯的窗户，和一间有着黄色墙面的房间。窗户没装窗帘。我只能看到黄色的墙壁。我放下手提箱，盯着那两扇窗户。我确信，无论谁住在那里，其人生一定都有益而精彩。可能是一个和我一样的单身男，然而他比我节制，有聪明才智，做事也雷厉风行。这两扇窗户让我充满羞耻感。我希望我的生活不仅体面，而且有示范作用。我也想做个有用、节制又平和的人。如果我无法改变我的习惯，起码我可以改变我的环境，我想，如果我能找到这么一间有黄墙的房间，这忧郁症会治好，酗酒恶习也会戒掉。

次日下午，我收拾好东西，雇了一辆出租车，穿过城区，前往米尔顿酒店，寻找那样的房间，好开始我的精彩人生。他们给我找了个二楼的房间，对着通气口。房间还没有收拾。写字台上有一个空威士忌酒瓶和两只杯子，不过只有一张床睡过人。我打电话给服务台投诉，他们说，另外一处空房是个套间，在十层。于是我搬了过去。我看到这套房有一个客厅，一间双人卧室，还有很多花朵主题的画像。我要了些杜松子酒、苦艾酒和一桶冰，然后喝了个大醉。这个结果和我早上的打算大为不同，我于是又搬到了麦迪逊酒店。

麦迪逊的房间里也有多希尼诊室的那些古董。唯一缺少的是多希尼三个孩子的彩照。办公桌或它的局部位置，过去曾经是个小型竖琴。咖啡桌包着皮革，看得出加工过，镀过边，还被不少烟烫过。每面墙上都有镜子，使我无法逃离自己的形象。我看到自己抽烟，喝酒，穿衣，脱衣。早晨醒来，我第一眼看到的就是自己。第二天我就走了，去了华尔道夫酒店，那里我分到了一间比较赏心悦目、天花板很高的房子。视野也开阔。我可以看到圣巴塞洛缪的圆顶、西格拉姆大厦还有一个两段式楼房，楼房前面沿着斜坡建造，墙上有不少窗户，后面是黄砖，除了下雨的落水槽之外，什么生命迹象也没有。它就像是用刀切的一样。在纽约，只要到十五层楼之上，你都能看见一些女像柱、仙女像、家常的贮水箱、佛罗伦萨式穹门，我正在欣赏着这些，突然我意识到，要逃避我的忧郁症，只需纵身一跃，跳到街上便可。我结账离开了华尔道夫酒店，坐飞机去芝加哥了。

在芝加哥，我去帕尔默之家开了个房间。房间在十六楼。

家具似乎有些年头，时代依稀可辨，可是越是细看，就越觉得它们如无伤大雅的即兴发挥，接着我想到，它们和我在华尔道夫的房间里看到的一样。我打开了百叶窗。窗户对着一个天井，我向上、向下、向左右看，周围都是上百个和我这里一模一样的窗户。我的房间并无独特之处，这个事实似乎也威胁到了我自己的独特性。我感受到一阵强烈的情感眩晕。我的恐惧不是跌落，而是消失。如果我的房间没有任何东西，将它从成百上千类似的房间区分开来，又能有什么东西，将我和芸芸众生区分开？于是我把百叶窗关上，走出了房间。等电梯的时候，有个男子带着同性恋那种柔柔的、渴盼的目光向我看过来，我想他是不是被宾馆窗户的整齐划一腻烦透了，想借助变态的性行为，来验证自己的存在感。我纯洁地低头看地。在楼下，我喝了三杯马提尼酒，看了场电影。我在芝加哥住了两天，然后乘坐"和风号"到了旧金山。我想火车的车厢环境，应该能让我开始新的生活，结果却不然。在旧金山，我在皇宫酒店住了两晚，圣弗朗西斯酒店住了两晚，然后沿着海岸向南飞，住进洛杉矶比特摩尔酒店。这里跟我的需要相去甚远，我搬了出去，住进马尔蒙庄园酒店。我从那里又搬到比佛利山庄，一天后又沿偏北路线，飞到了伦敦。我想在康诺特酒店要个房间，可是这里客满，我于是去了多切斯特酒店，在里面待了两天。然后我飞到罗马，住进伊甸园酒店。我的忧郁症跟着我飞遍全球，另外我依旧贪杯。有一天早晨，我睡在伊甸园，用枕头蒙住头，想调集出乞力马扎罗山和它山脚的古村，调集出那极乐世界和围城来。这时候我突然想起，这城或许是奥维多。我从酒店礼宾部租了一辆菲亚特牌车，向北出发。

午饭后，我到了翁布里亚，我在一个有城墙的镇上停下，吃了些面食，喝了点葡萄酒。周围的乡下盛产小麦，比意大利其他地方的森林更茂密，四周遍地绿色。和大部分游客一样，我只是愚蠢地观察到类似的东西，我告诉自己根据看到的这些，我仿佛是在新罕布什尔，或是海德堡的郊外。跑这里图个什么？这时候已经快七点钟了，我沿着蜿蜒的路，开进了奥维多周围的开阔山谷。

除了那些塔之外，其他都和我的想象一致。这城市坐落在高地上，建筑似乎都是孤立石山的各样变种，像我抵挡忧郁症时调集出来的地方。它和我的想象吻合。我很兴奋。这关系到我的生命，我的理智。教皇大教堂居高临下，它自然而然让人心生敬畏、惊叹、赞美以及类似恐惧的情感，仿佛我的部分记忆属于异教徒，将要面临主教审问。我开车穿过低处，上到山巅的地方，入住国民酒店。酒店给我的房间是一间很大的欧式豪华房，有一个巨大的衣橱，还有玻璃吊灯。这不是我要找的房间。我在街上游荡，天黑前，在离大教堂不远处，我看到了亮着灯的窗户，黄色的墙壁。

从人行道上看到它，我仿佛一下子站到了新生活的门槛前。这不是一个避难所，这是万物的中心，这是忧郁症无法进入的地方。这房子的门开着，我爬了几级台阶。两间黄色的房间是在二楼。里面没有装修，就和我预料的一样，而且刚刚油漆过。一切都为我的入住而准备。有一个人在装书架，可以用来放我的书。我跟这人搭话，问房间是谁的。他说是他的。我问是否出售或出租，他笑着说不租也不售。然后我说我很想要这房子，不管要价多少，我都出，可是他只是继续笑着，说不租也不售。接着我听到过道里有人过来，似乎在抬着很重的什么东西。我能听到他们紧张的声音，他们的呼吸，还有那不知什么东西和墙壁碰撞的声音。是一张大床，他们给抬入了第二间黄色房间。主人说这是他的婚床。他打算第二天在教皇大教堂结婚，他要在这里开始他的婚姻生活。我还是坚信，至少精神上吧，这房子是我的财产，我问他要不要住到下城区某个新的公寓房里。我会支付租金差额，还会给他准备一份大大的结婚礼物。他自然还是不为所动。像任何新郎一样，他已经在脑海里千百次地想象把新娘带进这黄色房间的情景了，多少钱也无法把这样的记忆从他脑海里抹去。我祝他一切顺利，然后下了楼。我找到了我的黄色房间，可又失去了。早晨我离开奥维多，前往罗马，次日我回到纽约。

我在我的公寓里住了一晚，喝了一夸脱威士忌。第二天下午，我开车到宾夕法尼亚州，拜访我的同学查理·马斯特森和他的妻子。他们都是重度酒鬼，我们晚饭前就把杜松子酒喝完了。我开车到布隆维尔小村，在酒店里又买了不少酒，接着我开始驱车往回赶。我拐错了个弯，发现自己在一条狭窄的红土小巷里，似乎前方是死胡同。接着，在我的左边，偏离道路又比道路略高一些的地方，我第三次看到了黄色的墙壁。

我关掉马达和灯，下了车。路和房子之间有一条小溪，我从一座木桥上跨了过去。接着从一片草坪或空地——上面的草需要割了——顺坡而上，通向一处露台。房子是石头房子——长方形——是老式宾夕法尼亚农舍。黄色房间是唯一亮着灯的房间。墙壁颜色和我在奥维多见过的一样。我像一个小偷一样，机警地走上露台。一个女人坐在黄色的房间里看书。她穿着一件黑色礼服，脚穿高跟鞋，身旁桌子上放着一杯威士忌。她脸色苍白，面容俊美。我猜她才二十多岁。黑色礼服和高跟鞋在这乡间显得很突兀，我在猜想她是不是刚从城里来，或是要出去，不过看那一大杯威士忌，这一切似乎不大可能。可是我所想要的，不是这女人，而是房间——方方正正，柠檬黄的墙壁被照得亮堂堂——我感觉，要是我拥有这样的房间，我会恢复本原，成为一个杰出而正派的人。突然间，她抬起头来，仿佛感觉到了我的存在，我走开几步，离开窗口。我很高兴。走回车里的路上，我看到了艾米森的名字，漆在车道尽头的邮箱上。一番折腾后，我终于回到了马斯特森家，我问马斯特森太太是否认识一个叫艾米森的人。“当然知道，”她说，“多拉·艾米森。我想她去里诺了。”

“她的房子里亮着灯。”我说。

“你跑她家究竟是要做什么？”

“我迷路了。”

“嗯，她是去里诺了。我猜她刚刚回来。你认识她吗？”她问。

“不，”我说，“但我想认识。”

“好吧，如果她回来，我明天请她来喝一杯。”

第二天下午她来了，身穿那身黑色礼服和同样那双高跟鞋。她有点内向，但我觉得她很迷人，这倒不是因为她长得漂亮或是头脑聪明，而是因为她拥有黄色房间。她留下来吃了晚饭，我问起她的房子。我开门见山地问她想不想卖掉。她一点也不感兴趣。然后我问，我能不能看看房子，她漫不经心地答应了。她要早点走，要是我想去看看那地方，我可以跟她一起去，于是我跟着她走了。

我一走进黄色的房间，顿时内心平和，这是我第一次在宾州车站散步看到黄色墙壁之后，一直梦寐以求的感觉。有时候你走进马具室，木匠铺，或是乡间邮局，会出乎意料地感觉世事安宁。这通常是在一天傍晚的时候。这种地方气味不错（应该把面包房给算上）。新郎，木匠，邮政局局长或面包师面容清晰，无忧无虑，你都觉得过去这里没有发生过任何坏事，未来也不会发生。这种健康、圣洁的感觉，在我的经验之中，任何教会都没有产生过。

她给我拿来一杯喝的，我再次问她这地方是否出售。"我为什么要卖掉我的房子？"她问，"我喜欢我的房子。这也是我唯一的房子。你要是在这附近买房，巴克汉姆的房子上市了，比这房子好看得多。"

"我就想要这房子。"

"我不明白你为什么对这地方情有独钟。要是我来选，我肯定去选巴克汉姆的房子。"

"也罢，要不我去把巴克汉姆的房子买下跟你换。"

"我就是不想搬。"她说。她看着她的手表。

"我可以睡这里吗？"我问。

"哪里？"

"就这里，这个房间里。"

"可是你为什么想睡这里？沙发硬得像石头。"

"我就是想。"

"也好，你真想就睡这里好了。别想什么歪点子。"

"不想歪点子。"

"我去拿点被褥来。"

她上楼拿下来一些床单和毯子，帮我铺好床。“我想我自己也要去睡了，”她说，一边向楼梯走去，“估计你也知道东西都放什么地方。要是你想再来一杯，桶里还有些冰。我觉得我丈夫把剃须刀放药柜了。晚安！”她的笑容彬彬有礼，别无他意。她爬上楼梯。

我没有再去调酒。如人们说的那样，此刻也不需要用酒了。我坐在靠窗的椅子上，感觉那黄色的墙让我康复。我能听到外面的溪水声，夜晚的鸟叫声，树叶沙沙声，以及夜晚世界所有其他的声音，它们显得无比亲切，我真像爱一个女人一样爱着黑夜。我爱星星，爱树木。我爱草坪，也爱杂草，仿佛一个人可以同时爱一个女人的胸脯，和她留在烟灰缸的苹果核。我爱这一切，我爱世上所有的人。我的生活又开始了，我能从这个起点看到，我偏离常态已经多远了。这里有现实感——一种我心所向的和谐、美好、有益的现实架构。我走到露台上。是个阴天，但是还能看到几颗星星。风变幻着方向，带着雨的气息。我走到桥边，脱了衣服，一头扎进池子里。水浮力大，还有些咸味，应该是来自孕育它的沼泽，不过，和消过毒的蓝宝石般的游泳池绝对不同的是，它有一种强烈的、无可辩驳的情色意味。我用自己的衬衫后摆擦干身子，赤裸裸地回到屋里，感觉大地仿佛都是为我的满足所造。我刷了牙，关上灯，爬上沙发的时候，外面下雨了。

一年多以来，雨声总是只意味着雨伞、雨衣、胶靴、敞篷车的湿坐垫，现在，雨水似乎放大了我的快乐，实在是意外收获。雨水似乎让我更敏捷，更纯真，我驱除睡意，带着对待音乐一般的认真和好奇，听着雨声。入睡后，我依次梦见山峰、围城和河岸。早晨醒来，也没有了忧郁症的痕迹。我再一次扎进池子里，上岸后换好衣服。在厨房里，我找到了一只瓜，煮了些咖啡，炒了些咸肉。咖啡和咸肉的气味，是一种全新的气味，我吃得津津有味。晚些她穿着浴衣下来，感谢我煮了咖啡。她把杯子举向嘴唇边的时候，手在颤抖，咖啡洒了。她走进厨房，拿出一瓶威士忌出来，倒了些进咖啡。她既没有为此道歉，也没有去解释，可是兑了酒后，她的手不再发抖。我问她要不要我给她割草。"老实说，可以的，"她说，"如果你实在没有别的事情可做的话。在这儿找人做任何事情都难。所有的年轻人都离开了家乡，老的都死了。割草机在工具棚里，我想还有点油。"

我找到割草机和汽油，把草割了。草坪很大，我一直割到中午甚至更迟一些。她一直坐在露台上看书，喝着什么——冰水或是杜松子酒。我加入进来，心里想着怎样把自己从有点用变成不可或缺。我可以追她，可是如果我们恋上，那意味着我得和她分享那间黄色房子，这我可不情愿。"如果你走之前，想吃个三明治的话，冰箱里还有火腿肉和奶酪，"她说，"我有个朋友四点钟要过来，所以最好你在这之前回去。”

我很害怕。回去，回去，回到那油污发绿的忘川之水？回到我可悲的怯懦里？回到那床上的庇护之所——在稀薄的空气前都瑟瑟发抖？回去继续麻醉自己，吃点炒鸡蛋都要拿杜松子酒下饭？我好奇她的访客是男是女。如果是女，我就当杂工继续留着好了，在厨房吃我的饭，在黄色房间里睡觉。“还有什么要我做的吗？”我问，“劈柴？”

“我是在布隆维尔买柴火的。”

“要不要我劈些引火柴？”

“不用的。”她说。

“厨房纱门松了，”我说，“我来修吧。”

她似乎没有听到我的话。她走进屋子，稍后带了两个三明治回来。“你要不要芥末？”她问。

“不，谢谢你。”我说。

我把三明治都给神圣化了，因为这是我离开黄房子前最后一次有胃口去吃的东西。下一次回来，还不知道会是何时？我绝望了。“你的客人是男是女？”我问。

“我想这真不关你什么事。”她说。

“对不起。”

“谢谢你割了草，”她说，“也需要割了，可是希望你理解，我不能让一个陌生人睡我沙发上，这总得坏我名誉，我的名誉可不是水火不侵的。”

“我会走的。”我说。

于是我开车回到纽约，又陷入被放逐的境地，我对自己的自毁倾向深感害怕。我一关上公寓门，就又回到杜松子酒、乞力马扎罗山、炒鸡蛋、奥维多和极乐世界的套路里。我会在床上睡到第二天很晚的时候。剃须时我喝了一些杜松子酒，然后上街买咖啡。在公寓房前面，我遇到了多拉·艾米森。她还穿着黑礼服——我就没见过她穿别的——她说她来城里住几天，买买东西，看看戏。我问她要不要和我共进午餐，她说她忙。分手之后，我就上了我的车，驶往布隆维尔。

房子锁着，但我打破了厨房的一扇窗，自己进去了。独自一人在黄色房间是我梦寐以求的事。我感到快乐，安宁和强大。我还带来了蒙塔莱，准备下午阅读，做笔记。时间悠悠过去，手表指针步调一致走着的感觉也没有了。六点钟时我去游了个泳，喝了点酒，做了晚饭。她冰箱里东西不少，我把自己偷拿的都记录下来了，以便在离开时补上。晚饭之后，我接着阅读。我带着侥幸心理，把灯开着，希望不会引起人们的好奇。九点钟时我脱了衣服，用毯子把自己裹起来，躺在沙发上睡了。几分钟后，我看见有车的灯光从车道上照过来。

我起身走进厨房，关上了门。当然，我衣服还没穿。如果是她，我就会从后门逃走。如果不是她，是某个朋友或邻居，他们可能马上会走。总之那人开始敲门，而门我没锁。接着有人打开门，轻声问道："多瑞，多瑞，你睡着了吗？醒醒宝贝，醒醒，是托尼，你的老情人。"上楼梯的时候他接着叫："多瑞，多瑞，多瑞。"走进她的卧室，发现床上空着，他说了声："我操。"然后，他下了楼，离开了家，我还在厨房里发抖，直到我听到他的车子离开为止。

我回到沙发上，躺了约莫半小时，突然又有一辆车开到车道上了。我又退到厨房，这回是一个叫米奇的人，做法跟刚才那人差不多。他爬上楼梯，叫她的名字，发出失望的声音，然后走了。所有这一切都让我感到不安，早上我把东西清理好，清空了烟灰缸，然后开车回纽约。

多拉说她要在城里待几天。几天通常是四天吧，已经过去两天了。她要回乡下的那天，我带上一箱子昂贵的波旁威士忌，傍晚的时候向布隆维尔出发。我开上红土路的时候，天都黑了。她的灯亮着。我先到窗口看了看，发现她独自一人，在看书，和我第一次见到她时一样。我敲了敲门，她打开一看，见是我，她露出不解和恼火的神色。"什么事？"她问，"什么事？你现在又想要什么？"

"我给你带了点礼物，"我说，"你让我在你家过夜，我想送点礼物，聊表谢意。"

"这事不足挂齿，也不用买什么礼物，"她说，"但我碰巧喜欢波旁酒。进来吧？”

我把箱子扛进过道，打开，拿出一瓶来。“要不要品尝一下？”我问。

“嗯，我要出去，”她说，“不过我想喝一杯的时间还是有的。你真大方。进来，进来，我去弄点冰。”

我看得出，她是那种喝起酒来很讲究的人，准备饮具的那认真劲，就好比一个牙医在准备工具去拔牙。她在靠自己椅子那边的桌子上，整整齐齐摆好玻璃杯、冰桶、水壶，还有一盒香烟、烟灰缸和打火机。这一切全都拾掇好，伸手就可以拿到了，她才坐下来，我把酒给倒上。

“干，干。”她说。

“干杯。”我说。

“你刚刚开车从纽约过来？”她问。

“是的。”我说。

“路况怎样？”她问。

“收费公路上有雾，”我说，“雾还很大。”

“见鬼，”她说，“我要开车去海文伍德参加一个派对，我讨厌高速公路上有雾。我真希望我不要外出，可是海尔姆斯莱夫妇要给我上学认识的一个女孩办派对，我答应我会去的。”

“你在哪里上学？”

“你真的想知道吗？”

“是的。”

“好吧，我去布里尔利上了两年。然后我去芬奇上了一年。然后我去了一个叫喷泉谷的乡村走读学校读了两年。然后去克利夫兰一所公立学校上了一年。然后去日内瓦国际学校读了两年，又去罗马的帕里奥利学校读了一年，回美国后，我去普特尼读了一年，然后读了三年硕士。我拿到了硕士学位。”

“你的父母常旅行？”

“是的。爸爸在国务部上班。你做什么？”

“我翻译蒙塔莱。”

“你是专职翻译？”

“不是。”

“你就因为做着好玩？”

“打发时间。”

“你一定很有钱。”她说。

“是的。”

“我也是的，感谢上帝，”她说，“我讨厌没有钱的感觉。”

“说说你的婚姻吧。”我说。可能这么问有点唐突，不过没哪个离婚的人，不管是男是女，不愿意谈论自己的婚姻。

“嗯，是个烂摊子吧，”她说，“八年的烂摊子。他贪杯，还指责我和其他男人搞外遇，写匿名信给我所有的朋友，说我的德行就好比妓女。我把他给收买了，我只有这么做，我给了他很多钱，跟他去里诺离了婚。我是上个月回来的。我想我再喝一小杯吧，”她说，“不过我先得去上个厕所。”

我又把她的杯子斟满。我们几乎都喝光了第一瓶。她从厕所回来时，没有摇晃，一点都没有，但是她步伐更轻盈，更自信，更优雅了。我站起来，把她抱到怀里，但她把我推开——并不是生气那种——说：“请不要，请不要。我今天晚上没心情。我一天感觉都很糟糕，可是波旁酒让我振作了些，可是我还是不想做那事。把你的情况都跟我说说吧。”

“我是一个私生子。”我说。

“哦，真的吗？我还不认识什么私生子。感觉怎样？”

“基本上比较糟糕吧，我估计。我的意思是说，要是父母健全，我会更喜欢些。”

“嗯，不过父母有时候也挺糟糕的，不过我估计父母再糟糕，也比没父母强。我的父母就十分糟糕。”一支点着的烟掉到她的膝盖上，可是把裙子烫坏之前，被捡了起来。

“你的父母都还健在吗？”

“是的，他们在华盛顿，都老了。”她叹了口气，站了起来。“好吧，要是去海文伍德，”她说，“我最好得出发了。”现在，她步子不大稳了。她又浇了些威士忌到杯子里，也没加水和冰，直接喝了。

“你为什么要去海文伍德？”我问，“你为什么不打个电话，说收费公路上有雾，或者你感冒了什么的？”

“你不明白，”她用嘶哑的声音说，“这种聚会就跟生日派对和婚礼一样，是非得去的。”

“我想你不去更好。”

“凭什么？”现在，她开始浑身火药味。

“我只是觉得不去好点，仅此而已。”

“你是不是觉得我醉了？”她问。

“不是。”

“你是这么想的，是不是。你觉得我醉了，你这个多事的狗杂种。你到底跑来干吗？我不认识你。我没有请你来，你也不认识我。你只知道我上过什么学校，此外对我一无所知。你都不知道我做姑娘时候叫什么，是不是？”

“不知道。”

“你对我什么都不知道，你连我做姑娘时候叫什么你都不知道，你还有脸坐这儿，说我醉了。我是喝酒了，这是真的，我告诉你为什么吧。我在那该死的新泽西收费公路上，没法清醒着安全驾驶。这条路，还有其他所有什么高速公路快速大道，都是给小丑、酒鬼们设计的。如果你不是一个天不怕地不怕的小丑，你就得喝醉。任何一个头脑清醒理智的人都没法在那上面开。我在加州有个朋友，每次上高速前都要抽大麻。他是个很好的车手，很棒的司机，可是如果路况不好，他就吸海洛因。人们应该在加油站卖大麻，卖波旁。那样就不会有那么多事故了。”

“好吧，那我们再喝一杯吧。”我说。

“出去。”她说。

“好吧。”

我离开了黄色房间到露台上。我从窗口看着她。她步子踉跄。她拿了些什么东西塞进一个袋子，用丝巾扎了一下头发，把灯关了，锁上门。我在她看不见的后面，跟着她。她上了车，把钥匙掉草地上了。她打开了灯，我看到她在草地上摸索，最终找到钥匙。然后，她猛一踩油门把车从车道上开下，右边车灯刮着了邮箱。我听到她在骂，一瞬间之后，我听到玻璃跌落的声音，为什么这声音充满不祥，如同厄运的丧钟？我高兴地想着她应该不会继续去海文伍德了，可是我错了。她朝着离开邮箱的方向，把车倒出去，离开了。晚上我在布隆维尔一家汽车旅馆过了夜，次日早晨我打电话给收费公路警察站。她只坚持了十五分钟就不行了。

第十五章

我的律师帮我安排把房子买下来。我用三万五千美元拿下了这房子，以及周围八英亩土地。她的母亲从华盛顿过来，拿走她的个人用品。三周后，我搬进了房子里，开始了我井井有条的生活。我醒得很早，在游泳池游泳，吃上一顿丰盛的早餐，然后在黄房间的桌子前开始工作。我精神抖擞地忙到下午一点钟，然后喝一碗汤。我买了一些工具，下午的时候，清理屋子周围的树林，砍柴堆成堆以备壁炉使用。五点钟我又去游泳，然后喝下一天中第一杯威士忌——我每天一共喝三杯。晚饭后，我学习德语到十点半，然后上床去睡觉。我感觉身体柔软，清洁，疲倦。如果我做梦的话，梦境也极为纯真无瑕。我不再需要远山、山谷或那围城。

我养了一只叫施瓦茨的猫，不是因为我喜欢猫，而是不想让老鼠和鼩鼱在这老房子里泛滥成灾。布隆维尔药房里那个男的把施瓦茨给了我。对这只猫的背景，我一无所知。我猜他是只中年的猫，性情比较急躁，如果猫也有性情的话。我每天喂他吃两次猫罐头。有一个牌子的猫粮他不喜欢，如果我忘了，给了他，他会跑进黄色房间，在地板中间拉泡屎，以示主权。我喂他喜欢吃的东西，他就比较规矩。我们就结成了这种相互利用、相安无事的关系。我不喜欢猫坐我膝盖上，可有时候出于义务，我也把他抱起来，拍一拍，以示作为看护人我尽职了。霜冻早早到来，田鼠开始进犯家里，施瓦茨几乎每天晚上都能捕获一只。我为施瓦茨感到骄傲。就在他捕鼠生涯的高潮，他突然消失了。有天晚上我让他出去，早上他没有回来。我对猫不大了解，但我估计它们是忠于自己家的，我想是狗或者狐狸把我这位小友谋杀了。一个星期以后的一天早晨（下过小雪），施瓦茨又回来了。我喂他吃他最喜欢的一种品牌的罐头，并尽职尽责地抚摸了他几下。他身上有很浓的法国香水味。他一定是坐在某个喷了香水的人腿上，或者是被喷了香水。这是一种麝香型香味，闻起来有些涩。离我家最近的房子是一个波兰农夫和他老婆的。我碰巧知道，他们身上除了浓浓的谷仓味，不会有什么别的味道。再接下去的房子冬天关了门，我也不知道布隆维尔还有别的什么人会用法国香水。施瓦茨和我一起待了一个星期或者十天左右，又消失了一个星期。等他回来的时候，他身上的气味好比圣诞旺季柏朵古德曼街面那一层一样。我把鼻子埋进他的毛里，短短那一瞬，我怀念起城市和其中的女人们来。那天下午，我上了车，开在我家和布隆维尔之间的小路上，寻找谁家藏有这么一个迷人的妇人。我觉得她一定很迷人，而且她一定是故意在我的猫身上涂香水，好来引诱我。我看到的房子要不是农舍，要不是熟人家的房子，最后我在药房停下，跟店主说了我的遭遇。“施瓦茨，”我说，“你给我的捕鼠猫，每隔一个星期就跑掉，回来身上的气味就好比星期天早晨妓院的气味一样。”

“这儿没有妓院。”药剂师说。

“我知道，”我说，“但你觉得这香水哪里来的？”

“猫总归是要乱跑的。”药剂师说。

“我想是的，”我说，“但你卖不卖法国香水？我的意思是说，如果我能找到是谁买的……”

“自从去年圣诞节就没有卖过了，”药剂师说，“艾利家的小伙子给女朋友买过一瓶。”

“谢谢你。”我说。

那天吃完晚饭后，施瓦茨走到门口，示意要出去。我穿上大衣，和他一起出去了。他直接穿过花园，进入房子右边的树林。我在后面跟着。我像去和情人幽会一样兴奋。溪流的湿气，让树林的气息更浓了，天上有星星，金星尤其明亮，一切的一切，似乎都是我的爱情在延伸。我想她一定是一头乌发，脸色如大理石般洁白无瑕，额边有道淡淡的青筋。我想她大约三十岁。（我二十三岁。）施瓦茨时不时叫上一声，所以跟过去也不是太难。我愉快地穿过树林，穿过马什曼的牧场，进了马什曼的林子。这些林子已经有些年没有清理过了，幼苗抽着我的裤子和我的脸。接着我看不到施瓦茨了。我一遍遍叫唤，施瓦茨，施瓦茨，到这儿来啊施瓦茨。在暗暗的树林里，会不会有人听到我的声音，并能辨出是一个情人的声音？我在林子里徘徊着，叫着猫的名字，突然有一根高高的树苗猛扫过我的眼睛，让我差点瞎掉，我这才放弃了。我郁闷而孤独地回了家。

施瓦茨周末回来了，我抓住他，闻他身上的气味，确保她还在放她的诱饵。果然如此。猫这次陪了我十天。他消失的那天晚上下了雪，早晨我看到他的脚印，很容易跟过去了。我穿过马什曼的树林，到边缘时，看到了一幢小小的木屋，被漆成了灰色。房子看上去很实用，但无美感，简直像是由一个勤恳但业余的木匠，趁着星期六、星期天和天黑得晚的夏季傍晚搭建起来的。我开始认真地怀疑这是那位乌发美女的藏身处了。猫的脚印绕着小屋一圈，在后门消失。我去敲门，一个老头开了门。

他是个小个子，总之比我矮小，头发稀疏发白，涂着发油，梳得整齐。他的右耳里有个白色按钮，连着线。从这线和苍白无色的脸来估计，他快七十了。虚荣和时光，是两个无法改变的现实，在他身上争战。这样的争战，似乎让他情绪高昂。他老了，可是还戴着花哨的钻戒，鞋子擦得锃亮，头上还抹着那发油。他看起来像是在某个荒凉处看管戏院的油子。

“早上好，”我说，“我在找我的猫。”

“啊，”他说，“那你一定是我亲爱的亨利的主人了。我还常常在想，亨利不跟我在一起的时候，都跟谁一起过日子呢。

亨利，亨利，你第二个主人来拜访我们了。”施瓦茨睡在椅子上。他没有动。房间是厨房和化学实验室合而为一的。有厨房常见的家具，在一张长板凳上，又放着些试管和蒸馏器。空气里有很浓的香味。“我不大了解猫的嗅觉，不过亨利很喜欢香水，是不是啊，亨利？我可否自我介绍一下？我叫吉尔伯特·汉森，前博勒加德公司首席化学师。”

“哈默，”我说，“保罗·哈默。”

“你好。请坐吧。”

“谢谢你，”我说，“你在这儿制造香水吗？”

“我试验各种香水，”他说，“我现在不再从事制造了，当然，要是我试出了什么商品，我会申请专利的。不过不卖给博勒加德。给他们干了四十二年，无缘无故也没有警告我就被炒了。但如今这在业界也是常态。我还有专利收入。我发明了雪之星、宠儿、夜之铃兰、黎明。[1]”

“真的啊？”我问，“你怎么偏偏选这种没有人烟的树林里，来做这些试验？”

“嗯，这儿也不像看上去那样偏。我有一个花园，我自己种百里香、薰衣草、鸢尾花、玫瑰、薄荷、冬青、芹菜和香菜。我自己去布隆维尔买柠檬和橙子，住在十字路口的查

---

1 雪之星、宠儿等都是香水名。——编者注

理·哈勃，给我下套抓海狸和麝鼠。我觉得它们比麝猫的香味还持久，而且我只要用市价的零头就可以买到。我还买树脂胶，水杨酸甲酯和苯甲醛。花香水不是我的专长，因为它们在催情方面功力有限。宠儿的主要成分是雪松树皮，黎明的主要成分是香菜和芹菜。"

"你学过化学？"

"没有。我是通过当学徒学的。我觉得这事更像炼金术，而不是化学。当然了，炼金术是把基本金属点化为高贵材料。既然海狸麝香、雪松树皮、天芥菜、芹菜和树脂胶能唤起男性不朽的渴望，和炼丹也就差不多了，你不觉得吗？"

"我知道你的意思。"我说。

"人是小世界，但身上含有大千世界，这个概念是从巴比伦来的。各种元素才是恒常。蒸馏和变化，释放了它们内在的力量。这不仅适用于香水的生产。我想这种变化，也作用于性格的发展。"

我听到隔壁房间有女人鞋跟的声音——轻盈而快捷，是个年轻女子的脚步声。玛丽埃塔走进厨房。"这是我的孙女，"他说，"玛丽埃塔·多姆。"

"保罗·哈默。"我说。

"哦，你好。"她说。她点燃一支香烟。"第八支。"她说。

"昨天多少？"他问。

“十六支，”她说，“但前天只抽了十二支。”

她穿着一件布外套，肩膀处有根白线。她的头发是暗金色。她不漂亮，起码还没长到这阶段吧。她面容里有些什么东西，某种寂寞或不快，让她的容颜暗淡失色。如果说她的衣服上总是有根白线，即便我给她买一件貂皮大衣上面也会有根白线，当然这只是一个假设。不过白线有种神秘的力量，仿佛是一种催化剂，让我的柔情明晰化了。它好比魔力。她把白线从外套上挑走，丢在地上，那魔力还在。

“你现在上哪儿去？”他问道。

“哦，我想开车去趟纽约。”她说。

“做什么？你去纽约做什么？你去纽约有什么事情可做？”

“我会找点事做，”她说，“我去自然历史博物馆。”

“买菜怎么办？”

“我回头再买。我会在商店关门之前回来。”她走了。

“好吧，再见了施瓦茨，”我说，“你想回家的时候就回来吧。我总是有不少老鼠。很高兴见到你，”我对老人说，“改日你和孙女过来喝一杯吧。我住艾米森那房子了。”

在下过雪的林子里，我走一阵跑一阵，回到了家里，换了衣服，然后赶到城里。我爱上了玛丽埃塔，我能看出我有坠入爱河的迹象。我的生命没有极限——我的膝盖感觉虚弱。这和我刚刚吸入催情的雪之星、宠儿、夜之铃兰、黎明无关。这突发的迷恋，可以归结为不成熟，但我确实会突然爱上男人，女人，孩子和狗。这些感情无法预知，它浓烈而频繁。

例如，我还在做出版的时候，有一次在纽约约见一个印刷商。我从酒店大堂打电话，他叫我去他房间。他打开门自我介绍时，我看到他妻子站在他后面，在房间的中央。她算不得美女，但她有一份妩媚和明朗，让人眼睛一亮。我只是在他取帽子和外衣的时候跟她聊了几句，可是在这么短的时间内，我爱上了她。我劝她和我们一起去吃饭，可是她说她要去布卢明代尔看家具。我们互道再见，印刷商和我出去吃午饭。业务谈话让我厌烦，谈起合同的时候我也老是走神。我满脑子都是她的金发碧眼，她的苗条身材，和他打开门时她站在房间中央满屋生辉的模样。我急忙吃了午饭，说我还有另外一个约会，辗转赶到布卢明代尔家具部，发现她正在看一个柜子的价格标签。

“你好。”我说。

“你好，”她说，“不知怎的，我就觉得你可能会来……”说着，她拉着我的胳膊，我们离开布卢明代尔，心情爽朗，找了个饭馆，她要了点茶，我要了点酒。我们似乎彼此沉醉——她身上似乎发出了我所需要的光和热。我们说了什么我都不大记得，我只记得我非常开心，周围所有人——侍者和调酒师——似乎都分享着我们的愉悦。他们住在康涅狄格州，她叫我出来度周末。我陪她走回酒店，在大堂和她吻别，然后我自己在街上走了一个小时，振奋得耳朵都耳鸣了。周五我去了康涅狄格州，她在车站接我。我们在车里就亲吻了不少。我说，我爱她。她说她爱我。那天晚上晚饭后，她丈夫上楼上厕所的时候，我们严肃地讨论他们的三个孩子——她还说她丈夫做精神分析治疗做了七年了。此刻他的事务遇到任何干扰都会是灾难性的。他老婆和我的两情相悦一定很外露，星期六的时候他就面露愠色。到了周日，他一脸不快，还出口伤人。他说他最讨厌不大正常的人，靠别人的幸福来滋养自己。他用了寄生虫这个词五次之多。我说我早上要去克利夫兰，她说要送我去机场。他说不行。他们吵了一架，她哭了。我早上走的时候，他们还在睡觉，除了猫，没有人可以说再见。

我花了个把月才把她忘记，可是这期间我也得去一趟伦敦。飞机上和我同座的那人看上去很顺眼，我们开始聊起来。也没有说多重要的事，可是我们惺惺相惜。中间他问我是要睡觉，还是继续聊天。我说我想继续讨论吧。我们就这么聊着一路横跨大西洋。我们合租了一辆出租车去伦敦。我去康诺特酒店，他住陆海军酒店。我们道别的时候，他建议我们一起吃个午饭。我也没有别的安排，于是他在康诺特见我，共进午餐。午饭后，我们开始步行，走遍了伦敦——走到了威斯敏斯特和堤岸——等酒吧开门后，我们又找了个酒馆喝酒。他说他知道格罗夫纳广场有个不错的饭馆，我们于是去吃晚饭，一直待到半夜才告别。我们交换了名片，相约回纽约打电话，可是我们都没有打，我们再也没有见面。

就我所知，这种萍水相逢，并无失常之处，可是世事没有这么简单。冬末，我去南温特沃斯打高尔夫球。我到的那天晚上，酒吧里有个面容和善的人建议我们结对，因为我们的比分相近。上午，大约打第三或第四洞的时候，我注意到，他在称赞我的外形，是赞不绝口那种称赞。我的外形没有什么好称赞的，我觉得这种奉承——算是种奉承了——有种挑逗的意味。接着我觉得他在故意让我。他分明球技比我好，却故意磕磕绊绊在打，好让我稍微领先。我们打了十九洞，他越来越——至少这是我的感觉——多情，越来越有保护意味。沐浴的时候我刻意保持距离，我们去酒吧的时候，我明显感觉不大对头了。他不停地撞到我，抚摸我。我倒不觉得恶心，但是我可不想在温特沃斯跟个陌生男子搞什么一夜情，所以我早晨就走了。

至于儿童，我只要举一个例子。我去汉普顿和麦吉·福勒一家共度周末。她的儿子——八九岁的样子——和她在一起。这孩子是她和前夫所生，大部分时间和他父亲在一起，要不就在上学。他似乎和麦吉有些生分。他身上散发出某些儿童比较喜欢的那种强烈的内敛感。这可能是离婚的考验带来的，不过在其他各种儿童身上我也都见识过。星期六早晨我起得早，在楼下找到他，我和他一起走到海边游泳。他在人行道上拉住我的手，对他这个年龄的孩子来说，这样的关注颇不寻常。我估计他孤独吧，不过如果我这样理解他的行为的话，我自己也一定很孤独，因为我喜欢有他陪着。他可能让我想起了我自己的童年。我体验到了一种深情的共鸣，当然，部分来自记忆深处。我们游泳游得很开心，一起吃了早饭，后来他又羞怯地问我要不要扔球玩。我们花了约莫一个小时时间在草坪上来回扔球。接着其他人下来了，我们开始喝“血腥玛丽”，然后是周末其他一些常规活动，大部分是不让他这个年龄的孩子参加的。那天晚上我们穿衣要出去的时候，麦吉敲门说她儿子要我去和他道晚安。我去了。星期天早晨起来的时候，他坐在我卧室门口一把椅子上等着。于是我们又一起散步去海边。星期天我没有多见到他，不过我似乎能感知到他的存在——他的脚步，声音，他在屋子里的一举一动。星期天下午我就开车回去了，以后再也没有见过他，也没有他的消息，但是在我们共处的那几个小时，我一定对他产生了一种像是爱的感情。

至于狗，我也仅举一个例子吧。春天的时候，我去康涅狄格与鲍威尔斯一家度周末。星期六吃完午饭后，我们去爬他们所谓的山。事实上不过是个小山包。他们有一只肮脏的老牧羊犬，名叫弗兰西。这狗跟着我们一起走。在山顶附近有一处比较陡峭的岩石，弗兰西可能很难爬上去，于是我把她抱着，爬到岩顶。后来是走也好，爬也好，她都一直跟着我。下山的时候，我又抱着她从那陡峭的岩石上下去。我们后来喝鸡尾酒的时候，弗兰西一直在我边上，我抚摸着她脖子上的毛。有她在边上我很开心，我想，她可能也一样。我上楼去换衣服时，弗兰西也跑了过来，躺在地板上。大约午夜时分，我去上床睡觉，正准备关门的时候，弗兰西从过道上跑过来，找到我。她睡在我的床上。到星期天，弗兰西和我形影不离。我去哪里她跟到哪里，我跟她说话，喂她吃饼干，抚摸她的脖子。我星期天要离开的时候，正在和人道别，弗兰西从车道上一溜跑过来，上了我的车。我当然感觉受用，不过这受用也是一种柔情。回家的路上，我一直心里暖暖的，想着这条老狗，如同离开了一个恋人。

我花了一个半小时开车去纽约，又花了二十分钟在博物馆附近找停车位。在这样的迷宫里找到她的机会很渺茫，可是正因为这里如同迷宫，九曲回环，昏昏暗暗，如同巢穴，这样过来倒无不当之处。我带着轻松的心情，从地下室那层的一处入口，进了博物馆。从我记事起，这地方每年我都来一两次，虽然里面有些变化，可是远不如墙外的变化多。十五年下来，阿拉斯加作战独木舟不过移动了大约二十五码，从图腾柱阵中搬到了一个小厅。玻璃柜里的爱斯基摩妇女还在做着那些不起眼的事，和我小时候抓着格蕾琴·奥克森克劳福特的手来看的时候一样。我决定从顶层开始往下找。我上了电梯，开始在放有珠宝和分子颗粒玻璃模型的展室里找。光线不是很好。展室里如果光线明亮，我站在门口就可以看到她在不在。不过很多展室如同夜晚，我得挨个展品看过去，看能否在昏暗中看到她的脸。在更新世时期展厅我能一眼看全——展翅欲飞的巨大史前骨骸，浓浓的湿衣服气味——展示铜斑蛇的那一间也很明亮。我走过蓝鲸和土豚标本，然后，到了另一个昏暗的展厅，里面唯一的光源是放大的单细胞动物展柜。我从这里下去，进入非洲展厅，这里似乎是更为昏暗的黄昏。从这里又到了北美生态群。这里气味陈腐，光线黑暗，如同洞穴，却有一种激动人心的永恒感。在这里，地貌，季节，时间段仿佛静止了：一片叶子，一片雪花都未曾变过，我一生看下来一直如此。红鹤飞着，飞翔的样式和我孩提时见到的一样。发情的驼鹿，依然在角逐；大灰狼仍然偷偷走向将它们和混乱、变化隔开的玻璃；秋日绚烂的树叶，一片都还没飘落；阿拉斯加熊仍然在走廊尽头后腿站立，似乎把这里当作了自己的领地。我是在这里找到了正在看熊的她。

“你好。”我说。

“哦，你好。”她说。

这速度倒是快。接着，她拉着我的胳膊说：“我有个最奇妙的想法。你为什么不请我去广场吃午饭。”

我们穿过公园走向广场。“我估计没带够吃饭的钱，”我说，“附近也没有地方兑支票。”我数了数钱包里的钱。有十七块。“可是十七块钱请我吃饭就够了，”她说，“我的意思是说，你一辈子有一顿不吃，也没有关系吧，是不是？”我们就这么做了。她点了一整份午餐，还要了一瓶酒。我跟侍者解释说，我已经吃过午饭了，但我喝了一杯酒。她在酒店门前跟我道别。“我得回布隆维尔给爷爷买菜了，”她说，“回到我的监狱，我的牢房……”我在街角吃一个汉堡包，喝了一杯橙汁饮料，然后我自己也开车回布隆维尔了。

次日下午大约四点，我又去了小屋。她打开了门。她穿着一件灰色的连衣裙，肩上有白线。“你吃了没有？”她问。

“我吃了个汉堡包。”

“对不起，我把你所有钱都花光了。”

“没事。我还有的。要不要到我家去转转？”

“你住在哪里？”

“我买下多拉·艾米森的家了。”

“我去拿外套。我在这里感觉像囚犯似的。”

回到家，我把壁炉点着，调了些酒，然后我们坐在黄色房间里，我听她讲述她的故事。她二十三岁，从未结婚。她在法国一直住到十二岁，后来父母因为事故身亡，爷爷成了她的监护人。她大学在本宁顿学院上的。爷爷搬到乡下后，她租了个公寓，在梅西百货找了个前台的工作。在城里她感觉无聊，孤独，于是秋天到布隆维尔来，希望找份工作，可是布隆维尔唯一的产业是汽车旅馆，她不想当妓女，也不想当清洁女工。

她说话的时候，突然响起了隆隆雷声。时下是冬末，一年的这个时候打雷很不寻常。第一次响起的时候，我都感觉是一架飞机打破了音速。第二次响声滚动着，冲击着，毫无疑问是雷声了。“见鬼。”她说。

“怎么了？”

“我怕打雷。我知道这很荒唐，但事实就是这样。我在梅西上班的时候，一个人住，一有雷暴天气，我就躲到衣柜里。我最终去看心理医生，看他能不能帮我克服，他说我害怕打雷，是因为我非常自我中心主义。他还说，我太自以为是，觉得雷要主动来找我，消灭我。这些或许都正确，但无法阻止我发抖。”她当时就发抖了，我把她搂了过来。风暴还没有离开我们的地界，我们就成双成对了。“感觉真好，”她说，“感觉真好。还好你这么做。”

“我也感觉好得不得了，”我说，“我们结婚吧。”

六个星期后，我们在布隆维尔教堂结婚了。玛丽埃塔穿着灰色正装，翻领上有根白线。（这些线都是哪里来的？后来，我们去欧洲旅行时，她有时肩膀上会有根白线。）婚礼后，我们飞往库拉索岛，在圣玛莎湾待了两个星期。这一切都令人愉悦。回到布隆维尔时，我感觉世界上我想要的一切，我都拥有了。我完成了蒙塔莱的翻译，将它带到纽约，却发现这些诗有人翻译过了，但不知怎的，我也不觉得失望。好像也没有什么能让我失望。我都不知道蜜月是什么时候结束的，应该说是在布隆维尔的一天晚上吧。十一点钟。我伸手去摸，发现玛丽埃塔的那侧空着。厨房里亮着一盏灯。光将窗户的形状打到草坪上。玛丽埃塔是不是病了？我当时是裸睡，所以就这么光着身子下楼到了厨房。玛丽埃塔站在屋子中间，除了结婚戒指，她一丝不挂。她正用一个弯曲的叉子吃一罐三文鱼罐头。我去拥抱她，她把我推开，愤怒地说："你没看见我正在吃东西吗？"三文鱼发出大海那种新鲜、怡人的气息。我想去游泳。我再次去碰她的时候，她说："别碰我，别碰我！吃个东西，还得被调戏吗？"那天晚上——如果是这宿命的晚上的话——之后，我从她身上看到的坏脾气就多过温柔，我常常独自去睡。不过，虽然她的脾气磨人，倒也像风一样，来去匆匆。有时候这脾气似乎真受风的影响。春季，如果和风习习，事实上任何温和的天气，都能造成本性的气压变化，引发她最深层的不满。而恶劣天气，如飓风、雷暴、暴风雪，却让她性格更温柔。秋日，以女孩名字命名的暴风雨无情敲打着百慕大，经由哈特勒斯角，来到东北。此时她性情温柔，乖巧，贤惠。如果有雪封闭了道路，让火车停开，那她就像天使。有一次，在史无前例的暴雪中，她甚至说她爱我。她似乎把爱看作了一种普遍的困境，是在自然与历史的动乱中产生的。我永远不会忘记，我们脱离金本位制的时候，她是如何柔情似水，帕提亚国王被杀的画面，又如何激起了她那抵挡不住的激情。当我们之间仅有屋梁和几件家具时，她看着我的神情，仿佛是被哪个残忍的奴隶主卖给了一个恶心的蛮汉；可是当她听到雷声滚滚，看到杀手持刀入室，看到政府倒台，看到地震中城墙坍塌，她又成了我的荣耀，我的婴孩。

希兹这样的临床医生可能会说，他可是警告过我的，可是他说得也不对。我的错误，在于我把爱情想成了一种令人眩晕的怀旧提取物，一种无法用神经机械学分析的记忆之力。我觉得，我们不会坠入爱河，我们只是重回爱河，我只是和记忆相爱——一根白线，一阵雷声。我自己的真爱是一根白线而已。

我常一个人睡，这种时候，我会进入一个少年、军人或囚犯的遐想。为了升华我的生理需求，对付我的失眠，我开始自己臆造一些梦幻的女孩。我知道，这样的遐想，和在打雷的星期天下午一起挥汗如雨地实实在在地干上一阵，相隔何止天壤？可是，如同被单独囚禁的囚徒一样，除了记忆和想象，我没有别的可以指望。我会从记忆开始，假装我和一个在阿什伯纳姆认识的女孩一起睡觉。我清晰地记起了她黑金色的头发，我的光屁股似乎都碰到了她的阴毛。夜复一夜，我回忆着曾和我有过鱼水之欢的女孩。夜复一夜，她们有时候只身一人过来，有时候成双成对到来，我幸福地趴着，一边一个裸女。开始我召唤她们来，但是不久之后，她们开始不请自来。和其他孤独男子一样，我无可救药地爱上了杂志封面的女郎，和做着腰带广告的那种模特。我还不至于钱包里装着她们的照片到处跑，可是我很受她们的诱惑，我爱上了这些陌生人，我发现她们招之即来，随时和我上床。我不仅被记忆中的女子和照片上那些陌生女子包围着，还有第三批给我安慰的人，我估计她们来自我本性的深处。这些女子我都没有见过。一天午夜，我突然醒来，发现我躺在一个想象的中国女子边上，她的乳房小小的，背部性感撩人。接着来的是一个活泼的女黑人，再接下来的是一个和蔼可亲但非常肥胖的红发女子。我不记得我和胖女人温存过。可是她们来了，她们给我安慰，她们让我睡觉，她们让我早晨醒来的时候，还心存希望。

我羡慕内尔斯那样的男子，我估计他看着尼莉，都能回忆起他压在对方身上的次数和各种各样的地点。在大西洋和太平洋岸边，在伊特鲁里亚和地中海，在独桅艇上，摩托艇上，快速汽艇上，游轮上，远洋客轮上；在酒店里，汽车旅馆里，城堡里，帐篷里；在床上，沙发上，地板上，长满草的山丘上，松树下，太阳晒得暖暖的山岩上；在白天黑夜的任何时间；在英国，法国，德国，意大利，西班牙。而我，看着玛丽埃塔，只会想起我被拒绝的地方。在斯托克布里奇汽车旅馆，她把自己锁在浴室里，直到我睡着。我带她去坐两周的游轮，她却忘了带避孕药具，船上医生也没有的卖。在芝加哥，她踢了我的裆部。在伊斯特汉普顿，她用切肉刀保护自己。她的月经似乎很频繁，每次时间都很长。大部分夜晚，我衣服还没脱，她就已经匆匆上床，用毛毯盖住脸。我太累了，她说，我太困了。我感冒了。我牙疼。我今天消化不良。我得流感了。在楠塔基特海滩，她从我身边跑开，等我上了帆船把她困住，她一跃而下，游到了岸边。

一两年后，墙壁上的黄色油漆开始开裂，褪色，玛丽埃塔找了个布隆维尔的油漆匠，让他带些样品来。我从来没有告诉她关于黄墙的重要性，所以她选择粉红色并非出于恶意，但她选了粉色。我本来可以抗议，但我对黄色的迷恋已经显得荒谬可笑。当然，我的胸怀，应该容得下其他正常颜色吧，所以我就让油漆匠去漆了。油漆完两三个星期之后，一天早晨醒来，我的忧郁症又犯了。起床的时候，我所有恐慌的症状都来了。我嘴唇肿了，呼吸困难，手在颤抖。我穿好衣服，早饭之前舀了两大勺杜松子酒喝。一天大部分时间我都醉着。我知道，我必须改变我的生活节奏。星期五，我们飞到了罗马。

忧郁症一路跟着我，可是它没有任何伪装，或许是因为它懒了，或许它像个杀手一样自信，知道对我是囊中取物，不需要额外卖力。周六早上，我醒来的时候，感觉心情开朗，欲火中烧。星期天我也一样好心情，可是星期一醒来就十分忧郁，起床得费老大劲，去洗澡都跌跌撞撞，步步艰难。星期二我坐火车去丰迪，然后坐出租车，穿过群山，去斯佩隆加。在那里我们和几个朋友一起住。我过了两天平安无事的日子，可是第三天，那恶心怪兽又找到我了，我们在福尔米亚乘火车，前往那不勒斯。在那不勒斯我又平平安安待了四天。那恶心怪兽是不是找不着自己的猎物了，还是它像个久经考验的老杀手一样，不慌不忙而已？我们在那不勒斯的第五天非常糟糕，我们坐下午的火车回到罗马。同样，我有三天没事，到了第四天醒来的时候，我感觉生命都要受到威胁，于是我出去散步，挪动一步是一步。在一条开阔而弯曲的街上——街名我记不得了——我看到一队警察骑着摩托车向我驶来，速度很慢，以至于一只脚要撑在人行道上，好使车保持直立。他们身后是几百个男女，举着标语，写着和平、希望、爱[1]。我意识到这是给在浴室被刺杀的马扎卡内送葬的队伍。我只知道《团结报》描述他“如同圣徒”。我不知道他的观点，没看过他的讲话稿，可是我哭了起来。我泪如雨下。这泪水流湿了我的脸，我的夹克。我加入到送葬队伍当中，开始行进的时候，我感觉那忧郁

1　原文为意大利语。

症跑开了。有戴臂章的纠察员，协助维持游行秩序，要我们不要说话，经过罗马的时候，唯一的声音是皮鞋的沙沙声——很多人的皮鞋都是破旧的，可是因我们人数众多，那声音古怪而又自然，像是在叹息。如果背对着游行的队伍，可能都会觉得这声音来自大海。

我们经过威尼斯，走到圆形剧场。男女老少都在自豪地走着，那沙沙声依旧。我们碰巧共有这样的伤悲，这伤悲也让我想到我们是何等的不同。在三个城区走过的时候，我对这些陌生人产生了一种强烈的爱。圆形剧场举办了追思会，远不及行军那般感人，可是当我回到宾馆的时候，我感觉良好。不久，我们飞回纽约，接下来那个夏天，我坐在海滩上（我已经在牙医杂志上看到了照片），借着那一段风筝线的力量，我认定，我那疯妈妈的计划是可行的，我要去弹园村定居下来，谋杀内尔斯。过了一段时间之后，我把我的谋杀对象改成托尼。

第三部分

第十六章

内尔斯请哈默去钓鱼。此事是这样发生的。内尔斯是志愿消防队员，他开着那辆红色的旧拉法兰消防车。深夜的时候，他神气活现地在弹园村上坡下坡，一路汽笛长啸。对他来说，这就是他生活丰富多彩之极致了。漱口水，消防车，链锯和触身式橄榄球！在星光下，小村似乎一切颠倒了过来，唯一亮灯的地方是卫生间。这是他最美妙的时刻。

消防队每月的第一个星期四召开会议并举办晚宴，内尔斯每次都参加。红色的消防车停在楼前。车库已被打扫干净，用水冲洗过，桌子上蒙了桌布，摆成了自助餐和吧台的样式。两个消防队员学徒在擦玻璃杯，消防队自封的厨师查理·马达克斯在角落一个煤气灶上烤着一条羊腿。查理是个二手车经销商。他体重近三百磅。他喜欢食物，喜欢买，喜欢做，也喜欢吃，估计他做梦都会梦见大块的肉，大桶的贝壳。可以想见，他的老婆是个只吃赤糖糊和麦芽这类食物的瘦女人。作为消防队大厨，他找到了一种在老婆身上和旧车上都得不到的现实感。他带着十足的痴迷，搅拌，抹油，上料，品尝，上桌。和大部分业余厨师一样，他每次都超前得不可救药，总是人们还没准备好，他就提前半个小时把食物摆上了。内尔斯上楼到了会议室。

那时候消防队有三十个成员。大约来了二十个。消防队员们自己动手，把阁楼改成了实用的俱乐部活动室，这地方的气氛便这样形成了。大家利用星期六星期天时间，安装了合成树脂地板，钉上钉子，给墙板上油漆，给日光灯布线。不难理解，大家都为自己的工作感到自豪。当然，这样的会议，只准男性参加。除了俱乐部更衣间之外，这是村里最后一个纯男性的聚会。这种独特现在都面临挑战了。有女性后备队成员要求参加这种月度会议，哪怕只是监督烹饪也好。她们觉得查理·马达克斯是一个篡位者，另外他的采购账单也可能非常离谱。她们被预先阻止了，不过排斥女性的做法被挑战，更使得这地方有了男性化树屋的舒适感。树屋的氛围蔓延到后来的仪式上。队长宣布会议开始的时候，用了一个纪念的木槌，接着秘书拿出一面美国国旗。国旗是硬缎面，还有一圈厚实的金穗边。秘书宣读上次会议的记录，获得通过，然后财务汇报称账户中还有八十三美元十四美分。所有这一切，以及接下来的议程，大家都一本正经地完成。由于涉及的事实和数字都微不足道，这样的煞有介事让人有些不解。大家还严肃批评了某些消防队员，他们来洗车的时候，啥事都不干，只顾着喝啤酒。此时倘若有人说点风趣的话，这种仪式的庄严感就不过是一种错觉。“我们有一个新成员的加入申请，”秘书宣布，“哈默先生，我们讨论你的申请时，可否请你回避一下？”

内尔斯扭头一看，那个哈默坐在后排。哈默离开了房间。“哈默先生，”秘书说，“住在粉山，他的为人似乎比较适合我们消防队，可是我们问到他的相关经验时，他说他在一个叫阿什伯纳姆的地方加入过消防队。这地方在克利夫兰郊外。我们写信要他的资料，信被退了回来。阿什伯纳姆根本没有消防队。从来就没有。我不会平白无故指责一个人说谎，可是我们也不喜欢我们的队伍里出现一个冒牌货，对不对？”

“我们怎么知道阿什伯纳姆没有消防队？”内尔斯问道。

“信被退回来了。”

“也可能是邮局失误。我们为什么不接纳他进来？名册也没满，即便他没有经验，洗车时候来帮帮手总是可以的。”

“你是不是把这作为一项动议提出来？”

“我提议保罗·哈默当选为消防队成员。”

“我附议。”

“赞成的说赞成。”

“赞成。”

“有反对的吗？”

“一切都准备好二十分钟了，”查理·马达克斯从楼下喊，“你们他妈的再不下来，菜都凉了。我做吃的心甘情愿，可是我不喜欢做出来后凉掉。”

终于休会了。艾略特坐到哈默所在的吧台边，问他喜不喜欢钓鱼。这么问纯属善意。哈默说，他喜欢。“维纳布尔有条小溪，我有时候星期六上午去钓，”艾略特说，“要是你想去试一下，我八点左右来接你。每年这个时候就是我钓鱼之时。”

周六早晨，艾略特来接哈默，泰西坐在后座。大家沿着61号路向北开。61号路是一条新公路，开起来最危险，在外观上也野蛮。它的出现就好比发生了一场地震一样，改变了东部的自然风貌，似乎是要使之成为蒙大拿的一部分。每年这路上至少要死五十个人。星期六早晨人们的日常出行和工业运输相混杂，尤其容易出事。卡车硕大无朋，高高耸立，如同野蛮人的陆上城堡，下坡时凯旋一般呼啸而下，爬坡时又走路一般慢吞吞。一路上超这些大车使得这简单的旅途紧张得像打仗。内尔斯想起了他年轻时候的道路。那些路顺着地势修建，到了山谷就凉快，到了山顶就暖和。大家都可以用鼻子测距离。有桉树、枫树、甜草和牛栏的粪便气味，进山之后还有松树的气味。还有那些地标——荒废的农场——石塔和蓝色的湖泊。路过一幢房子，从窗户都能看到里面的猫，天竺葵装饰，儿童或老人的脸。他记得那一切都是如此亲切，人性化，赏心悦目，而今自己却在紧张兮兮地穿过这样的荒原，像在和这些野蛮人赛车一样，两相对比，实在反差鲜明。

在维纳布尔他们下了61号路，在村里买了一些鱼饵，然后开始向林子里进发。大约需要步行两英里路程，泰西一瘸一拐地跟着，样子倒是英勇。当然了，这老母狗实际上跟得很累。他们下到山谷里，听到了溪流声。流水的声音分明是笑声。轻浮的笑声，傻女孩和精灵的笑声，响彻在这暗淡的春日树林之中。溪水很浅，所以才会有这种愚蠢的、不间断的笑声。他们向上游走去，找到一处深潭。“我再往上去一点，就下钩了，”内尔斯说，“我们不如中午的时候在这儿碰头吧。我想回去吃午饭。”接着他跟泰西走了。

他们中午会面的时候，内尔斯已经钓到了两条鳟鱼。哈默什么都没有钓到。他们都拿了一瓶波旁酒，在小溪岸边坐下来，沉浸在水流的笑声里，对饮起来。两人体重、身高、年龄都相仿，也都穿八号鞋。内尔斯头发又黑又长，盖到了额头上。他有用手去梳理它，然后推到头上的习惯。他父亲批评过这种做法，可是他没有去改，或许是作为反叛或独立的标志吧。哈默的头发呈棕色，剪得短短的。内尔斯的脸比较开阔，来者不拒的样子。哈默的脸瘦小，他还不时伸手去碰一下——这是一种摸索的动作，仿佛他是在寻找什么丢失的东西。他的右手时不时在脸上摸一把，就好比有人在某个黑暗中的架子上找钥匙一般。他的笑声很尖锐，每次都是刺耳的、爆炸性的三声。他头转动起来的样子有点紧张，总是咬紧牙关，托起肩膀，仿佛他的思考总要经过一番运筹帷幄。我得少抽些烟。（咬牙。）生活可以美起来。（托肩膀。）我经常被人误解。（头突然抬起来。）内尔斯的举止更为平和。

友谊的力量——内尔斯从未看到有人描述过这种力量——对他来说，和爱一样重要，尽管二者毫无类似之处。爱的附属品包括性交、吃醋、怀旧、振奋，它比友谊更容易识别。除了体育设备之外，友谊似乎什么附属品都没有。自从记事以来，内尔斯就有很多朋友。他的大部分朋友是他在滑雪、钓鱼、打牌、喝酒这些活动当中的伙伴。他对朋友的陪伴感到非常满足——现在他指望的是哈默——而这种满足中，毫无吃醋、性爱和怀旧这些要素。他还记得，当他年少时以及成人之后，他有一些妒忌心强、控制欲旺盛的朋友，可是平心而论，他不记得自己有过这些倾向。在他参加的俱乐部里，有的人还像少年一样追逐他人的喜欢——或许是爱——可是内尔斯没有这个虚荣心。这倒也不是他性情冷淡。和朋友一起上山玩双人滑雪，内尔斯就欣喜之至了，可是这等快乐无从分析。他见到老友时真心高兴，可是离开了也不觉得悲伤。他的朋友在他的梦境里扮演着实际的角色，然而都无关欲望。他们不在身边的时候，他也不联络——他都不记得他们——可是一旦见面，则极为开心。这样的关系，摒弃了一切使关系外露的情绪。和哈默在林子里喝酒，内尔斯感到开心。

哈默却要谋杀这个钓鱼的伙伴。在这一刻，他丝毫不觉得自己的做法有什么失常之处。哈默看着自己的受害者，脑子里想着如何从各样随机产生的日常抱怨里，提炼出对他的指控。他知道内尔斯是卖斯邦牌漱口水的，他在电视上听到过这品牌拙劣无比的广告。（如果你以自己的衣服为耻，难道不想改变吗？如果你以自己的房子为耻，难道不去修缮吗？如果你以自己的车子为耻，难道不去换新的吗？那么，你为口气感到羞耻时，斯邦漱口水，让你的口气连续六小时保持清新……）责骂这种东西，未免孩子气，哈默想。全美国兴这一套都二十五年了，也不大可能会有改进。他希望变化，希望新鲜，可是他希望自己这些需求都成熟一些。内尔斯正从口袋里掏出金打火机，看上去很是喜爱，可是为什么因为这个，就要去鄙视他？老实说，这毕竟是资本主义经济，把黄金当成护身符，这一点除了孩子，谁会对此吃惊？梦想着貂皮大衣的女子——哈默心想——比梦想着天堂的女子更有常识。人的本性可怕而单一，人所处的环境则是杂乱无章。他又想，如果把内尔斯对宗教的虔诚视为虚假，也是不对的。他估计这些敬拜只是含义不明，或许还有些情绪化，可是基督教会是弹园村唯一一处以神秘为业的地方，而内尔斯生活里充满神秘（尼莉的大腿和他对儿子的爱），所以他每周一次下跪敬拜，也就算不得离谱了。哈默是因为受害人的优秀而选择了他。

“在布朗家指挥交通的是不是你家儿子啊？”哈默问道。

“是的，”内尔斯笑了起来，“他常在鸡尾酒会上指挥交通。

他刚生过一场大病。”

“什么病？”

“单核细胞增多症。”

“你家医生是谁？”

“嗯，过去是穆林医生，后来他们让他停业了，接着我们找的是老费加特医生，但两个人都没有真正把托尼治好。这事很怪。他病了一个多月，突然有人跟我们介绍了一位大师。此人自称鲁托拉大师。他住在河畔街殡仪馆楼上。他有天到我们家待了一晚上，我也不知道他做了什么，总之是把托尼治好了。”

“他是一个宗教人士？”

“我真不知道。我对他的底细一无所知。我都不知道他是怎么治的。他不允许我进屋。但他治好了托尼。托尼现在完全康复了。他打篮球，在鸡尾酒会上指挥交通。我必须提醒他，卢埃林家星期五办鸡尾酒会。我们要不要回去了？”

他们从林子里往回走，刽子手和受害人，一前一后，后面跟着老赛特犬。内尔斯把渔具放在车后面，然后打开门让泰西进去。“跳进去，泰西，”他说，“跳进去，丫头。”泰西哼唧着。然后，她向座位上跳过去，却摔到地上。“可怜的老丫头。”内尔斯说。他把她抱起来，抱了个满怀，狗腿伸出来，稍显不便。他把狗放在车后座上。

“你为什么不想办法解决？”哈默问道。

“嗯，我该做的都做了，或者说差不多都做了，”内尔斯说，“有一种血清能买到，是奴佛卡因的提取物。它应该能延长狗的寿命，但是打一针要十五美元，还得每周打一次。”

“我不是那个意思。”哈默说。

“那你的意思是？”

“你为什么不打死她？”

这位新同伴如此无耻，如此冷酷，如此残暴，居然要杀死一条他心爱的、顺从的老狗，这让内尔斯心里噌地一下燃起无名烈焰来。那一刻，他杀了哈默的心都有。

他什么也没有说，开车回到了弹园村。

第十七章

你杀过人没有？你是否知道杀人犯那种崇高的正义感？认真的人活得像一些多雨的边境地区公民，熟悉十几种国歌，厚厚的护照上盖满签证章，可是他们没有爱，没有忠诚，除非是到了触犯法律的时候。你有没有在一个夏天早晨醒来，意识到今天你要杀人？那个早晨光彩夺目，无与伦比。你可以捡起一片树叶，寻找瑕疵，但你不会找到。每一片叶子的阴影都完美无缺。哈默这一天修剪了草坪。这样的伪装激动人心。看啦，哈默先生割草了。哈默先生一定是个好男人。

玛丽埃塔去布隆维尔度周末了。哈默拾掇草坪一直到中午，才停下来喝一杯。他开车去超市，在自卫器具柜台买了一罐梅西牌辣椒水，还有一根夹铅警棍。一切准备就绪，只缺汽油了。他摇了摇刚给割草机重新加油的罐子。罐子是空的。他给它装满油，然后坐在平台上。三点钟的时候，邮差的卡车从街上开过来，在每一个车道、人行道末端的邮箱前都停一下。哈默没有邮件，可是除了他家之外，所有房子里都有人出来——厨子、婆婆、残疾人——打开邮箱，样子偷偷摸摸，带着私密性，甚至都有些性意味。有点像是在解开一个人的裤子。他们伸手到里面，想找到一点什么，账单、情书、支票、邀请函，将他们连接到外部的大千世界。然后他们回到家。这个白天万里无云。树上鸟儿叫着，在哈默听来，它们仿佛在念一个邀请的清单，或是一个律师事务所的人名。提克诺尔，卡伯特，尤因，特里林和斯沃普，它们在唱着。他走进茶水间，对着瓶子笑着。他这样做了三次，第四次去的时候，他给自己倒了一杯烈酒。喝这酒，他想，不是为了壮胆，不是为了提神，而是让犯罪带来的狂喜好受些。他喝多了。哈默喝醉酒一般不会唠唠叨叨，走路踉踉跄跄，或是危险驾驶，可是他的思维活跃到了有害的地步。快到黄昏的时候，他都想找人倾诉他的计划。他需要倾诉对象。

他决意去找住殡仪馆上方的那个神人，他的决定十分果断，一定是潜意识里想好了的。他开车来到贫民窟，捶着光明寺的大门。“进来吧。”鲁托拉说。他坐在椅子上，右手捂着坏的那只眼。

“你就是那个神人？”哈默问道。

“哦，不，不是。我从来没说我是这个。请你原谅。我今天晚上累了。”

“你给人治病？”

“有时候，有时候。我帮人祈祷吧，可是我今天晚上真是累了，连自己都帮不上。我已经说过一百遍，我坐在海边房子里，时间是四点钟，下着雨。可是我知道现在是五点半，我坐在殡仪馆上方一把旧椅子里。”

“你还记得托尼·内尔斯吗？”

“记得。”

“我要杀了他，”哈默说，“我要在基督教会的祭坛上烧了他。”

“滚出去，”大师说，“滚出光明寺。”

卢埃林家的客人受邀七点半过来。汤米·卢埃林站在他家阳台上。他理想中的晚会，是过去他在西柏林和三个选帝侯大街妓女鬼混一天一夜的那种。那才叫开晚会。他看着送餐服务公司的侍者在布置桌子，心想弹园村的情况大为不同。桌子在一个点着纸灯笼的帐篷下，能招待五十个人。“联合开发集团暨托马斯·卢埃林夫妇诚邀您光临……”卢埃林在邀请函上写上企业名称，是为了以后报税减免之用。要是减免成功，等于他开这个晚会一分钱不花，还赚进了一千美元。卢埃林最感兴趣的事莫过于他妻子开晚会的财务安排。他有时候感到十分无聊，能透过那些装腔作势的客套，看到账单、被取消的支票，甚至还有地板上的钉子。精心打扮过的男男女女吃吃火腿肉、鸡肉，聊聊天，有什么不妥的吗？并无不妥，根本没有什么不妥的，只是场面的平淡让他闹心。没有人会喝醉，没有人会打起来，也不会有谁跟谁操起来，没有纪念，没有庆祝，也没有进展。如果他所期待的聚会需要接近什么状态的话，他希望是放荡。纯粹的客套，他觉得可能会逼得人干傻事，比如戴上假阴毛，一丝不挂跑出去招呼客人。这样的夜晚平淡得令人分辨不出时间来，只有粗俗、公开的淫秽，才能治愈这夜晚，让它有力地和死亡关联起来。侍者在摆放一盆盆花朵。这些花看起来不够新鲜，但卢埃林猜它们可能已经给一场婚礼招待会捧过场，接着在冰箱里待上一晚，最终在康涅狄格州格林威治一场筹款午宴上枯萎。

卢埃林对变化的能量知之甚少，但是这即将开始的场景缺的就是变化，所以只能算是半个场景，面包是半块面包，一切都只做到一半，就如同从某个杂志上裁剪下来的照片，硬贴到夜晚的天空上的。而这天空也是何等凄凉——卢埃林心想——一片单调乏味的蓝色，西部有些雷雨云一层层堆积着，如同西城区老式的公寓式酒店大楼。一些时髦的匈牙利寡妇最后住在这样的楼里，把那些脏盘子放在走廊上。天空多乏味啊！雷声响了起来。雷声的节奏，卢埃林觉得，就像一次大高潮来临的节奏。他喜欢这个。

他能从西北部清晰的余晖中，看到有黑烟从河岸的贫民窟里飘上来。风是从南边吹来的，如果有人开枪的话，他也听不见。

在指挥交通的托尼·内尔斯拿着手电筒赶过来了。“你好，托尼，”卢埃林说，“你要喝点什么吗？”“我想要一杯啤酒。”

托尼说。“没有啤酒，”卢埃林说，“要不来杯金汤力？”托尼走向两个酒吧中其中一个时，有车开过来，停在草坪上。来者是维克维尔夫妇。他们和往常一样，穿得无可挑剔，光彩照人，只是维克维尔戴着墨镜，一只眼睛上贴着膏药。“用帐篷是多奇妙的点子啊。”维克维尔太太感叹。她坐着轮椅来。

内尔斯走进浴室，看到尼莉裸着身子，就把她揽入怀中。“如果我们要做，”尼莉说，“就在我洗澡前做吧。”他们做了。然后内尔斯准备穿衣服。尼莉已经把他的衣服放在床上，他赤身裸体地看着床上这些衣服，突然非常不想穿了。坐火车的遭遇，让他意识到他身上有一些难以捉摸的怪癖，他在想如果他不想穿衣服的倾向发展成为一种病症的话，那可如何是好。他的余生会不会光着身子在卧室里蹑手蹑脚打转，而可怜的尼莉得设法向世人隐瞒他的境况？他并不喜欢这么裸着，可是他更讨厌自己的西装。它们铺在床上，似乎强求他规矩、本分，这很恶心，不合他的本性。难道他想穿一块遮羞布，一片虎皮，或是什么都不穿，去参加晚会？这样倒好了。

内尔斯想起母亲来。他星期二晚上去看望了她。“你感觉好些了吗，妈妈？”他问。“要不要让托尼来看你？有什么我可以帮你的。”她已经近一个月没有回音了。接着有歌声从他脑海里某个比记忆更深刻的地方冒了出来：

“可怜的人，坐在桑树下歌唱，

歌唱绿色的垂柳，

她的手放在胸前，她的头埋在膝上，

歌唱着垂柳，垂柳，垂柳。”

内尔斯穿好衣服，开始找自己的钱包。应该在他下午穿的西装口袋里。他把手伸进去，发现里面是空的。空口袋似是不祥之兆，仿佛他提出了一些关于痛苦和死亡的严肃问题，而没有得到答案，且被告知根本没有答案。“我走进屋子，”他大声说，“调了杯酒，然后我去楼上脱光衣服，洗了个澡，所以它肯定在卧室的某个地方。”他一定是把钱包放在卧室某个台面上了，现在他把所有台面——梳妆台、五斗橱等都找了一遍。全都没有。他想不起来他去过其他什么房间，可是他还是去找了。他听到尼莉穿着高跟鞋从厅里走了过来。“我钱包丢了。”他说。“我的天。”尼莉说。他晚上也用不到钱包，这她知道，可是她知道，钱包不找到他是不会去参加晚会的。两人要是丢了任何东西，都会非常敏感，仿佛他们的生命建立在某个护身符体系的基础上。“我进了屋子，”内尔斯不停地说，“我调了点酒，然后我上楼，脱了衣服，洗了个澡，所以它一定在这里的什么地方。”

在接下来至少半小时内，他们在楼上楼下、客厅里外来回找，打开没人用的抽屉，翻开收藏起来的圣诞节丝带，在椅子下面摸索，把报纸和杂志掀开，抖枕头，在靠垫下面乱摸。要是只看他们的脸，你会觉得他们丢了他们的圣杯，他们的十字架，他们的精神支柱。为什么没有钱包内尔斯就不能去晚会？他不能。“我走进屋子，”他大声说，“调了杯酒，然后我去楼上脱光衣服，洗了个澡。”“在这儿！”尼莉叫起来。这纯粹是天使的声音，不沾染半点凡世的粗俗和野心。“是在茶水间，在你上次会议记录的下面。你一定是在调酒的时候放那儿的。”“谢谢你，亲爱的，谢谢你。”内尔斯对他的大救星说。他们开始前往晚会。雷声响起来了。这声音让内尔斯回忆起自己朝气蓬勃时的感觉。“你知道那年夏天我在蒂罗尔爬山时的感觉有多好吧，”他说，“我爬上了大凯撒和彭戈斯坦。在蒂罗尔，每次打雷，他们就敲响所有教堂的钟声。山谷上下全部敲钟。很让人兴奋的。我不知道我为什么告诉你这些。一定是因为这风暴吧。”

艾略特和尼莉八点差一刻钟时到了晚会上。十分钟后，哈默把车停在车道口。他已经大醉了，并且没有换衣服，还穿着件毛衣。托尼冲他喊道：“把你的车开上来。草坪上还有很多地方。把车开上来吧。”哈默没有动，托尼一路小跑着下来。“麻烦你把车开到车道上，”他说，“坡上还有不少地方。”

“我得提前走，”哈默说，“停这儿可能好走一些。”

“你不会有任何麻烦的，”托尼说，“他们估计只有三十辆车。”

“那好，你上来吧，”哈默说，“我把你一道带上去。”

托尼一上车，哈默就用梅西辣椒水喷向他的眼睛。托尼粗着嗓门发出一声痛苦的大叫，倒头撞在仪表盘上。哈默又用警棍狠狠敲了一下，是杀人犯才会下的那种重手。接着他开车去不远处的教堂。和往常一样，教堂门没上锁，是特意供人来祈祷、冥想的。

他比自己想的来得还凑巧。十分钟前，特普顿小姐刚在圣坛上摆放了玫瑰。他拖着托尼进入前厅，接着回到车上去拿汽油。然后，他锁上了大门前厅，这是除了通往衣帽间的门之外唯一进入教堂的入口。唯一的光线是守夜的烛光。在这暗淡的光线下，他把托尼从过道上拖向圣坛。他找到了圣坛的灯开关，正要把汽油浇到托尼身上。他想不如先抽支烟吧。他累了，气喘吁吁。看到圣坛上神的羔羊用四个爪子完美地抓在基督教世界的木质象征[1]上，他不禁大笑起来。他听到前厅一阵骚动声，觉得心脏就要爆炸了，后来才发现什么都没有。只是开始下雨了。仅此而已。

鲁托拉在卢埃林家门口下了出租车，领班的侍者挡住了

---

1 指十字架。

他。“如果是送货，”他说，“你得从后面走。”

“我找内尔斯先生。”大师说。

“你不能进来。”

“内尔斯先生，内尔斯先生，”他喊道，“内尔斯先生，赶紧过来吧。”

内尔斯此刻正在一个吧台前，听到有人叫他名字，便从帐篷下走出来。“去基督教会，”鲁托拉说，“不要问我任何问题。赶紧去基督教会。”

从鲁托拉的声音来看，内尔斯感觉托尼遇到了危险，但是他没有跑向车子，也没有慌张。他的嘴唇有些肿。他的心态出奇地稳定。晚班的火车刚到，有的人刚从车站开车出来，这让他速度慢下来，可是他也没有冒险去超车。到了教会后，他看到了哈默的车。不知怎的，他预料到了这个结果。他猛敲着锁住的门。

“是谁？”哈默问道。

“内尔斯。”

“你进不来，我锁了所有门。”

“你在干吗，你打算干吗？”

“我要杀了托尼。”

内尔斯回到了车上。他全神贯注，似乎是这个原因，他耳朵里出现了响亮而痛苦的耳鸣声。他既不害怕，也不困惑。他直接开车到栗树街，从地下室拿出链锯，回到教堂。

“哈默？”

“怎么。”

“托尼没事吧？”

“他现在没事，但我会杀了他。我先把这支烟抽了。”

内尔斯把脚搭到锯的支柱上，稳稳地拉了一下发动索。气缸发出突突声，等变速器发动，链锯便轰鸣起来。教堂的尖顶门是镶板结构，空当处木板很薄，一碰就裂，链锯割了进去。他按照斜对角线从门上锯了下去，用肩膀一顶，门就破掉了。哈默正坐在前面座位上哭着。红色的汽油罐就在他身边。内尔斯把儿子从祭坛上抱下来，抱进雨里。雨倾盆而下。水似乎都挤进了光里。雨实在下得太大，树上的叶子全都被打掉了，空气中有船舱底的气味。冷雨终于让托尼苏醒过来。“爸爸，”他咕哝着，“爸爸。穿毛衣的那个男的是谁？他想干吗？”

“你受伤没有？我的意思是你伤得重不重？你觉得我们要不要去医院？”

“不用了，我没事。我头疼，眼睛也痛，不过我宁愿回家。”

报上登出了这则消息：“链锯阻挡了一场离奇的凶杀案。纽约弹园村栗树街的艾略特·内尔斯，昨天傍晚用链锯锯开基督教会反锁的大门，成功救下他的儿子安东尼。同为弹园村村民的保罗·哈默，供认杀人未遂，现已被移交至州精神病犯罪专科医院。哈默承认自己从马尔堡环路托马斯·卢埃林夫妇举办的晚宴上，绑架走这位年轻人。他将内尔斯带往教会，准备在圣坛上将他杀害献祭。他声称，他的目的是唤醒世人。”

托尼星期一又回去上学了，内尔斯还吃着药，回去上班了。一切都那么奇妙，奇妙，奇妙，奇妙得如昔日重来。